글쓰기부터 책 출간하고
돈 벌기까지 노하우 A to Z

글쓰기로
한 달에
100만 원 벌기

글쓰기부터 책 출간하고
돈 벌기까지 노하우 A to Z

김필영 지음

글쓰기로
한 달에
100만 원 벌기

푸른향기
Prunbook Publishing Co.

글쓰기로 한 달에 딱 100만 원만 벌어봤으면 좋겠어요

글쓰기를 시작했다가 중간에 그만두는 사람을 많이 봤다. 그들은 더 이상 명분을 찾지 못했다는 말이나 노력한 만큼 성과가 나오지 않는다며 어느 날 갑자기 글쓰기를 그만두었다. 그중에는 글 쓴 지 며칠 안 된 사람도 있었고, 몇 년을 고군분투하다가 그만두는 작가, 작가 지망생도 있었다.

"글쓰기로 한 달에 딱 100만 원만 벌어봤으면 좋겠어요."

그들에게 자주 들었던 말이다. 안타깝게도 글을 즐겨 쓰는 사람 대부분은 글 관련된 수익으로 한 달에 100만 원이 넘게 벌지 못한다. 이 책이 쓰인 목적은 바로 이것이다. 글쓰기 방법을 익혀서 글로 한 달에 최소 100만 원을 버는 것. 그 정도를 꾸준히 벌면 주위에서도 내가 글 쓰는 시간을 취미생활이 아닌 일하는 시간으로 인정해 줄 것이다. 글쓰기 수익화에 성공하기 전까지는 우리의 글 쓰는 시간을 챙겨주는 사람은 거의 없다. 회식, 집안 경조사, 아이들 챙기기를 하다 보면 나의 글쓰기는 한없이 우선순위에서 밀리다가 어느 순간 소리 없이 사라진다. 사라지고 한참이 지나서도 아무도 관심이 없고 알아차리지도 못한다.

글은 꾸준히 써야지만 글도 성장하고 쓰는 사람도 성장한다. 절대적인 시간을 글쓰기에 투자해야 한다. 이 책에는 글쓰기가 꾸준히 이어질 수 있도록 글을 써야 하는 이유, 글 쓰는 체질 만들기, 잘 읽히는 글을 쓰는 법, 글을 활용해 돈을 버는 법, 네 가지가 모두 나와 있다.

블로그 글쓰기만 돈이 된다고? 유튜브만 돈이 된다고?
에세이로는 돈을 벌기 힘들다고? 나 같은 경우는 아주 특별하다고?

나는 고등학교 시절 공부를 아주 못했다. 당시 꼴찌를 도맡아 했던 운동부 친구들 바로 앞이 나였다. 20대 초반에는 휴대폰 매장을 하다가 망했고, 이십 대 중반에는 공무원 시험 준비로 3년을 보냈지만 합격하지 못했다. 이십 대 후반에는 아파트를 팔러 울산에서 경기도까지

갔지만, 하나도 팔지 못한 채로 다시 내려왔다. 그 10년의 실패한 기록을 담아 첫 책 『무심한 듯 씩씩하게』를 출간했다. 평균보다 못한 경력을 가졌고 아무 기술이 담기지 않은 일상 에세이이지만, 책을 쓰고 난 뒤 삶은 많이 변했다.

첫 번째 변화는 글을 쓰면서 나 자신을 좀 더 객관적으로 볼 수 있게 되었다. 내가 진정으로 원하는 내면 깊은 욕구를 스스로 알게 되었고, 그러자 내 욕구와 부합되지 않는 행동들을 자연스럽게 하지 않게 되었다. 모든 의사결정을 할 때 좀 더 나답게 할 수 있게 되었다.

두 번째 변화는 한 달에 100만 원 이상 수익을 창출하게 되었다. 현재 첫 책(종이책과 전자책)의 인세를 받고 있고, 글로성장연구소(부대표)를 설립해 출판 컨설팅을 한다. 도서관이나 학교 등 글쓰기 강의, 그리고 동기부여, 자기 계발 강연 등 외부 강의도 나간다. 온라인에서는 세바시랜드에서 에세이 수업 기초 클래스를 런칭했다. 내가 글로 버는 돈은 큰돈은 아니지만, 한 달에 100만 원은 훌쩍 넘는다. (구체적인 수입 경로는 7장에 밝혀놓았다)

우리 모두에게는 각자 고유한 이야기가 있다. 고유한 것은 언제나 시장성이 있다. 혹시 아직 글쓰기로 돈을 벌지 못했다면, 내 안의 고유한 이야기를 찾지 못했거나 글쓰기 실력이 조금 미흡한 탓이다. 혹은 아직 세상 문을 두드려보지 않은 탓이다. 아무리 훌륭한 글이라도 내 일기장 속에만 있다면 돈을 벌 수 없다.

글쓰기를 지금보다 더 잘하고 싶은가? 글로 돈을 벌고 싶은가? 이 책은 추상적이지 않다. 관념적인 이야기는 거의 없다. 당신이 할 수 있는 것 중 가장 쉬운 것부터 하나씩 담았다. 그러니 해보자. 해보면 '할 수 있겠는데?' 하는 자신감이 생길 것이다. 글쓰기를 좋아하지 않는다면 애초에 이 책을 읽을 필요가 없다. 다만 글쓰기를 좋아하거나 좋아했던 사람이 이 책을 읽는다면, 글과 돈이 쌓이는 방법을 터득할 것이다. 당신이 그런 사람이라면 다음 장으로 넘어가 보자.

목 차

Chapter
06

글쓰기 핵심 팁

Chapter 01

글쓰기가 어렵다는
당신에게

- 먹고살기 바쁜 데 글쓰기는 무슨

- 주변 사람 얘기 썼다가 괜히 관계만 나빠지는 거 아니야?

- 글은 역시 아무나 쓰는 게 아닌 건가?

- 열심히 쓰는데 글이 늘지 않는 것 같아요

- 아무도 내 글을 읽지 않아요

- 한 달에 딱 50만 원만 벌면 꾸준히 쓸 텐데

- 내 원고는 왜 매번 출판사에서 거절당할까요?

먹고살기 바쁜데
글쓰기는 무슨

저는 남편과 동네에서 작은 미용실을 17년째 운영하고 있어요. 어렸을 적 집이 가난해서 글을 꾸준히 쓰지는 못했지만, 늘 노트에 끄적이는 걸 좋아했어요. 얼마 전 도서관에서 하는 글쓰기 수업 시간에는 선생님께 글을 참 잘 쓴다는 말도 들었어요. '브런치스토리'라고 하는 글쓰기 앱에도 작가 신청을 통해 한 번에 작가가 되었고요. 하루가 멀다고 글을 써서 올렸더니 벌써 구독자도 200명이 넘었어요. 새벽녘까지 글을 쓰고 있으면 남편은 돈도 되지 않는 글쓰기 같은 걸로 시간을 보낸다며 탐탁지 않아 해요. 글쓰기로 돈도 벌 수 있으면 더 당당하게 글을 쓸 텐데…. 미용실 이전 준비를 한다고 바빠서 며칠 글을 쓰지 못했어요. 당장이라도 노트북 앞으로 가고 싶지만, 내가 글을 쓸 자격이 있는가에 대한 생각만 들어요.

- 먹고 사는 일에 치여 글쓰기를 하려고 하면 죄책감이 드는 40대 H씨

안녕하세요. H씨. 브런치스토리 작가도 한방에 통과되었고, 글쓰기 선생님께 칭찬도 들었다니 글을 잘 쓸 거로 생각해요. 재능이 있다는 건 축복입니다. 다만, 글을 계속 써야 하는 자기만의 정확한 이유를 아직 찾지 못한 걸로 보여요.

우선 내가 글을 왜 쓰는지를 다시 한번 글로 정리해보세요. 아직 언어화하지 않아서 막연하거나 이유가 없다고 느낄 수 있어요. 글로 적어 보면 확실히 알게 될 거예요. 종이에 적히는 게 있다면, 그것만으로도 글을 계속 쓸 이유는 충분한 셈이에요. 남편의 눈총을 이겨내려면 스스로 글을 쓰려는 동기를 알고 있어야 합니다.

그다음으로 수익화에 도전해보세요. 글쓰기 수익화는 수많은 도전 끝에 얻을 수 있어요. 아주 글을 잘 쓰고, 머리가 똑똑한 사람은 예외겠지만요. 글쓰기로 돈을 번다는 것은 미용 자격증이나 바리스타 자격증처럼 정해진 길잡이가 있는 게 아니에요. 이것저것 시도해가면서 체득하는 것이죠. 이 책의 7장, 8장을 보면서 하나씩 시도해보세요. '아무것도 하지 않으면 아무 일도 일어나지 않는다'라는 말처럼 행동하면 생각보다 많은 길이 열려있음을 알게 될 거예요. 우선 책 출간부터 시

도해보세요. 우리나라에는 1인 출판사 포함 7만 개가 넘는 출판사가 있고, 출판사마다 원하는 글은 다 다르거든요. 게다가 H씨는 재능도 있지만 글쓰기를 좋아하는 마음이 크니까요. 즐겁게 해낼 수 있다고 믿어요.

수익화를 아주 조금이라도 이루면 주위 사람들은 글쓰기를 직업으로 인정해 줄 거예요. 제가 걸어온 길이기에 자신 있게 말씀드릴 수 있어요.

꾸준히 쓰면서 수익화 시도를 하나씩 하는 사이 시간이 훅훅 지나가고 애초에 원했던 부분에서 수익화에 성공하지 않더라도 생각지 못한 다른 방향으로 뭔가를 이루게 될 거예요. 제가 첫 책 담당 편집자에게 들었던 이야기를 그대로 해드리자면요,

"H씨의 이야기는 분명 세상에 나올 필요가 있어요."

지금 당장 두 가지를 해보기로 해요. 우리 약속해요. 60살, 아니 100살까지 글 쓰는 사람으로 남기로요.

주변 사람 얘기 썼다가
괜히 관계만 나빠지는 거 아니야?

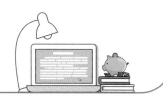

며칠 전 만난 친구가 제가 블로그에 올린 글을 봤다며 그거 A 이야기 아니냐고 묻더군요. 그 말을 듣고 혹시 A도 자신의 이야기라고 생각할 것 같아서 서둘러 글을 내렸어요. 글쓰기는 100% 솔직하게 써야 의미가 있다고 예전에 글쓰기 수업에서 들은 적이 있는데 솔직하려니 주변 사람들이 걸리네요. 실생활에서 오해가 생기는 걸 원치 않아요. 이런 마음으로 글쓰기를 잘 할 수 있을까요? 그날 이후 저는 블로그에 글 올리는 걸 멈춘 상태예요.

- 내가 쓴 글로 인해 인간관계에서 오해가 생길까 봐 걱정되는 C군

내가 쓴 글로 오해가 생길까 봐서 걱정이시군요. 저 역시 언제나 남이야기는 어디까지 써야 할지 고민이에요. 이 부분은 명쾌한 해답이 존재하지 않는다고 생각하지만, 마음이 편해지는 이야기를 좀 하려고 해요.

우선 에세이라고 해서 모두 사실을 써야 하는 건 아님을 기억하세요. 에세이는 자신이 겪은 일을 쓰는 글로 알고 있는데, 사실이 아니라니 이게 무슨 말일까요. 사실의 사전적 정의는 실제로 있었던 일이나 현재에 있는 일입니다. 정의에 나오는 대로 '실제로 있었던 일이나 현재 있는 일'을 우리가 있는 그대로 쓰는 게 가능하지 않을 경우가 더 많다는 거예요. 어떤 일을 겪었을 때 우리는 주관적으로 그 일을 해석하기 때문인데요. 같은 양의 비를 보고 비가 많이 왔다고 적는 사람도 있고 적게 왔다고 느껴서 그렇게 적는 사람도 있습니다. 같은 인물을 보고도 그가 스쳐 지나갔다고 적는 사람이 있고, 그가 내게 잠시 멈춰 섰다가 이내 다시 지나갔다고 적는 사람도 있습니다.

지나가던 사람이 언니와 동생에게 가까이 오면서 어깨를 툭 쳤는데, 툭 치는 세기를 같은 강도로 쳤다고 하더라도 언니와 동생은 그 아픔을 다르게 받아들일 수 있어요. 즉 아픔에 대한 민감도가 각자 다릅니다. 집에 전 재산이 1,000만 원이 있어도 내가 옷을 사지 못할 정도로 가난했다고 글에 적는 사람이 있고, 가난하지만 크게 가난해지지는 않았다고 쓸 수도 있는 거예요. 한 명은 거짓말을 하는 걸까요? 아니죠. 각자 그렇게 느낄 뿐이죠.

그럼 다시 C군의 이야기로 돌아가서 C군이 썼던 A 이야기도 어떨까요? C군의 판단, 주관적 해석이 들어갔을 거예요. 에세이는 사실을 적는 것보다 내 시선, 내 관점, 내가 느낀 민감도에 대해 거짓 없이 써내려가는 게 무엇보다 중요합니다. 모든 것에 솔직해야 한다는 말이 타인이 하고 있었던 머리핀 하나까지 솔직해야 한다는 말은 아닌 거예요. 그래서 적절히 타인의 이야기를 적을 때는 그 타인이 누군지 모르도록 적어도 괜찮습니다.

두 번째로 애초에 타인의 이야기에서 선을 정하는 게 힘들면 자신의 이야기로 글쓰기를 시작해보세요. 타인과의 이야기가 아니더라도 우리는 너무나 쓸 게 많아요. 무라카미 하루키도 에세이에는 달리기, 굴튀김, 맥주를 자신이 얼마나 좋아하는지를 자주 쓰잖아요. 그렇게 내가 좋아하는 것에 관해 쓰는 게 가장 안전하고 재밌어요. 직업에 관련된 에세이나 혹은 내가 좋아하는 음식, 달리기를 시작하고 100일 동안의 마음에 관한 글을 써보세요. 최근 다니기 시작한 학원이나 모임에 관한 글도 좋아요.

비교적 쓰기 쉬운 글이나 내가 중심인 이야기를 쓸 때 오히려 100% 솔직하게 쓰는 것에 더 다가가기도 하니까요. 저는 인간관계에 관한 이야기 대신 자신의 이야기, 요즘 흥미를 느끼는 것에 대해 적는 걸로 주제를 바꿔보는 것도 추천해드립니다.

마지막으로, 이번 A 이야기처럼요. 인간관계를 하다가 어떤 특정 사람을 콕 집어쓰고 싶은 경우가 생길 수 있어요. 그럴 때는 우선 온라인 어딘가에 올리지 않고 그 부분에 대해서 모두 글을 쓰는 걸 권장해드리려요. 다 쓰고 나면 감당이 가능한 글인지, 가능하지 않은 글인지 퍼뜩 느낌이 오더라고요. 썼는데 도저히 이건 업로드가 불가능한 글이라는 생각이 들면 과감하게 그 글은 업로드를 포기하세요.

　모든 글을 꼭 업로드하거나 책으로 출간해야 하는 것은 아닙니다. 내가 내 감정을 토해내듯 쓰는 글쓰기를 하면서 감정의 크기를 알게 되고 마음 정리가 되는 효과를 누리게 될 거예요. 멀리서 사건을 바라보면서 자신만의 결정을 내리게 되실 수도 있겠죠. 꼭 타인과의 관계에 관해 쓰고 싶다면 자유롭게 쓰되 업로드만 신중히 선택하세요. 분명 글쓰기가 주는 효과를 모두 누리면서 큰 피해도 없을 거예요.

글은 역시
아무나 쓰는 게 아닌 건가?

저는 이제 막 글쓰기에 재미를 붙인 열정 한가득 글린이입니다. 글쓰기 수업도 여기저기 찾아서 듣고 좋은 책은 필사도 하고요. 독서도 꾸준히 하고 있어요. 그런데 가끔 너무 잘 쓴 작가의 글을 보면 힘이 빠져요. 저는 도저히 따라잡을 수 없을 것 같은 느낌이 들어요. 지금 여기가 내가 있을 곳이 맞을까? 걱정과 염려가 됩니다.

- 다른 잘 쓴 작가의 글을 보면 힘이 빠지는 글린이 P양

아마도 P양. 당신은 글을 잘 쓰고 싶을 거예요. 글쓰기에 열정이 있기에 잘 쓰는 작가를 보면 힘이 빠지는 거겠죠. 내가 잘하고 싶은 분야가 아니라면 힘이 빠지지도 않잖아요. 우리, 열정이 많아서 그런 걸로 생각하고요. 그 마음을 조금 떨어뜨릴 수 있는 이야기를 해볼까 해요.

우리의 목표는 글을 쓰는 겁니다. 한 단계 더 나아간다면 나다운 글을 쓰는 거예요. 우리가 다 다르게 생겼는데, 같은 글을 쓴다는 건 좀 이상한 것 아닐까요. 머리 길이, 점이 난 위치, 밥 먹을 때 습관이 다른 것처럼 아마 우리 내면도 각자 다른 모습을 하고 있을 거고, 그 내면을 통해서 나온 글이 같을 리 없을 거예요.

저는 특강을 가면 글쓰기를 이렇게 표현해요.

"글쓰기는 하나의 큰 배에 사람들을 1등부터 100등까지 순서대로 줄 세운 뒤, 배에 태워서 같은 목적지로 가는 여정이 아니에요. 우리 모두 각각의 돛단배가 여기 있는 거예요. 돛단배가 100개 있는데 100명이 다 다른 목적지를 향해 가는 게 글쓰기입니다. 그러니 잘하고 못하고 있을까요? 각자의 길을 가는 거죠."

다른 사람의 글은 다른 사람의 글일 뿐이에요. 글을 쓸 때 느껴지는 부담을 좀 내려놓을 필요가 있어요. 하지만 저도 알죠. 부담은 내려놓을수록 더 들러붙는다는 걸. 저는 그런 느낌이 들 때면 일단은 좀 걸어요. 걸으면서 생각을 하나씩 길거리에 떨어뜨려요. 걱정과 근심 같은 것들. 떨어뜨린다고 표현했지만, 그냥 막연히 다리가 아플 때까지 오랜 시간 걸어요. 해가 움직이는 게 눈에 보일 정도까지요. 그렇게 걷다가 집에 거의 다 왔을 때쯤에는 다짐해요. 어쨌거나 지금 내가 입은 옷 같은 글을 쓰자. 내가 선택해서 고른 옷처럼 내가 고른 단어로 글을 쓰자. 그게 한심하다고 해도 딱 내 수준에 맞는 글이다.

그런 생각을 하며 문을 열고 집으로 들어갑니다. 손을 씻고 책상에 앉아서 어깨를 툭 떨어뜨리고 글을 써요.

P양 역시 오늘 입은 옷이 있을 거예요. 어떤 옷인가요? 밤늦은 시간이라 파자마를 입고 있나요? 혹은 겨울이면 두꺼운 외투를 입고 있을 수도 있겠죠? 그것은 당신이 선택한 옷입니다. 밖에 나가기 전 외투를 선택하는 마음으로 어휘를 선택해서 글을 쓰겠다 다짐하세요.

그럼 나다운 글을 쓸 수 있게 될 거예요. 다른 사람은 그들의 길로 가는 거고 내 경쟁자도 아니에요. 당신은 당신만의 레이스에서 쉬지 않고 달리는 게 중요합니다.

어깨를 최대한 떨어뜨리고 자신만의 속도로요. P양만의 글쓰기를 응원합니다.

열심히 쓰는데
글이 늘지 않는 것 같아요

제 주위 사람들은 제가 글쓰기를 좋아하는지 다 알 만큼 저는 글쓰기 덕후예요. 블로그에 글을 매일 쓰고 버스나 지하철을 타다가 뭔가가 떠오르면 메모도 열심히 해요. 그런데 제가 글은 많이 쓰는데, 잘 쓰고 있는 건가에 대해서 가끔 의문이 들어요. 정답이 없는 문제집을 푸는 기분이에요. 글쓰기 실력이 늘고 있는지는 어디서 어떻게 확인할 수 있을까요?

– 글이 늘지 않고 늘 제자리인 것 같아 불안한 A양

글이 늘지 않는다는 느낌은 쓰다가 보면 정말 누구나 드는 생각이에요. 이때 제가 추천하는 건 세 가지예요.

첫 번째, A양 자신이 6개월, 혹은 1년 전에 썼던 글 중에서 최근에 읽지 않았던 글을 한번 읽어보세요. 그 글을 보고 지금도 잘 썼다는 느낌이 든다면 글쓰기 실력이 그때와 비교해서 같은 선상에 있다고 봐도 될 듯하고요. 그때 봤던 글이 지금 보니 이상하다면, 글에서 뭔가 걸리는 부분이 생긴 거니 그때와 비교해 지금 스스로 글쓰기를 보는 기준이 달라졌거나 향상되었다고 할 수 있어요.

둘째, 평소 A양이 즐겨 읽던 자신보다 한 발짝 앞서갔다고 느껴지는 작가의 글을 읽어보세요. 브런치스토리 같은 글 관련 플랫폼에서 아직 엄청 유명하지는 않지만, A양이 즐겨 읽는 작가가 있을 거예요. 혹은 출간한 작가도 괜찮지만 한 발짝 앞서간, 글을 쓴 지 오래 안 된 작가면 더 좋을 듯해요. 그 작가가 쓴 글을 평소에 좋아한다는 건 아마도 글에 빠져서 읽었다는 거겠죠. 몇 개월 뒤 다시 그 글을 읽어보는 거예요. 혹시 그때 글 바깥에서 글이 보이고 그 글을 쓴 작가의 글쓰기 방식이 보인다면, 저는 A양의 글쓰기 실력이 늘었다고 봐도 되지 않을까 생각해요.

두 방법 다 완벽하게 글쓰기 실력을 분석하는 데는 무리가 있지만, 자기 능력과 비교해서 하는 거라 분명 도움이 되실 거예요. 글쓰기 실력이 제자리라고 불안할 때는 기준은 늘 나라는 걸 기억하세요.

마지막으로 추천해드리는 건 글쓰기 수업에 등록해보세요. 지역 내

도서관에는 글쓰기 수업이 무료로 열리는 곳이 많으니 홈페이지에 들어가 살펴보시고요. 그 외 온라인도 좋고 지역 내 오프라인 수업을 찾아서 참여하는 것도 좋습니다. 가서 수업을 듣고 지도교사와 학우들이 해주는 글에 대한 피드백을 들어보세요. 피드백을 꾸준히 받게 되면 조금 더 시선이 넓어지게 되고, 공통으로 듣는 사항이 생길 수 있어요. 듣고서 이런저런 새로운 시도를 해볼 수 있으니 결국은 글쓰기에 도움이 될 겁니다.

세 가지 방법으로 글쓰기 실력을 점검해 볼 수 있어요. 저는 A양에게 불안해할 필요는 전혀 없다는 말씀을 드리고 싶어요. 계속 써 내려가는 한 우리는 성장할 것이고, 우리가 쓰는 글은 더 좋은 방향으로 가기 마련이니까요. 꾸준히 지금처럼 글쓰기를 즐겨주세요.

아무도 내 글을 읽지 않아요

블로그에 3년 동안 글을 써왔어요. 꾸준히 썼다고 생각하지만, 조회수는 늘 1, 2, 3을 왔다 갔다 해요. 뭐가 문제일까요? 글쓰기 수업을 몇 번 들은 적이 있었는데, 그때마다 선생님들은 이렇게 말했거든요. 꾸준히 쓰면 된다고. 전 근데 왜 이 모양이죠? 지난달부터 글을 올리는 간격이 조금씩 더 길어지고 있어요. 이젠 마지막으로 글을 쓴 게 보름 전이네요. 사람들에게 읽히는 글은 어떤 글인 걸까요? 아무도 안 읽는 글은 가치 없는 글인 걸까요.

— 블로그를 운영하는데 3년 동안 성과가 없어서 좌절하고 있는 B양

우선 B양 상심이 크시겠어요. 3년 동안 조회수가 늘어나지 않았다니 정말 속상하실 듯해요. 조회수를 잘 받기 위해 글을 쓰는 건 아니지만, 그래도 꾸준히 쓰다 보면 글을 읽는 사람이 늘어나고 글 실력이 늘어날 거로 생각하는 우리로서는 이런 상황이 힘들기만 해요. 저 역시 그렇습니다. 하지만 사람들이 많이 읽지 않는다고 좋은 글이 아니라고 할 수는 없어요. 세상에는 사막에 있는 모래만큼 많은 양의 콘텐츠가 하루하루 쏟아지고 있어요. 그 안에서 내 글이 인기가 많아지는 건 쉬운 일이 아니죠. 흔히 말하는 대로 온라인에서 사람들이 많이 볼 수 있는 곳에 노출되어야 유리해질 텐데, 노출의 기회가 모두에게 공평하게 주어지지는 않으니까요.

B양의 글이 사람들에게 많이 읽히지 않는다면 몇 가지를 점검해보면 좋습니다. 예방 차원에서 확인하는 것도 좋아요.

첫 번째로는 제목입니다. 우선 제목은 내 글을 읽는 대상이 클릭하고 싶은 제목이어야 해요. 이 제목 정하기에 많은 분이 상상력을 발휘하려고 애쓰는데요. 처음부터 그렇게 하지 마시고요. 데이터를 모으는 게 중요합니다. B양이 평소 클릭하던 글이나 영상 제목을 여러 개 캡처해보세요. 공통적인 무언가가 보일 거예요. 그 제목은 B양이 좋아하는 제목 스타일이에요. 그런 제목을 짓도록 연습해보시고요. 그다음 네이버나 다음 포털사이트에 올라온 기사의 제목들을 보세요. 그게 요즘 트렌드에 맞는 제목이라고 생각하고 비슷하게 지으려고 해보세요. 마지막으로 나라면 내 글 제목을 누르고 싶을지 생각해보세요. 세 가지를 조합해서 자신의 글에 사용할 제목을 정하면 됩니다.

둘째, 독자가 글의 감정선을 잘 따라갈 수 있도록 적혀있는지를 살펴보세요. 글을 다 쓰고 난 다음에는 이 글의 주인이 아닌 손님의 마음으로, 첫 번째 독자가 되어 글을 읽어보세요. 글을 읽었는데 독자는 무슨 일이 일어났던 건지 전혀 짐작할 수가 없다면 공감도 할 수 없게 됩니다. 그 뒤에 기쁘다, 슬프다, 반갑다, 아무리 적혀있어도 사건이 일어나기까지의 과정을 설명해주지 않는다면 그 기쁨에, 슬픔에 독자가 빠져들 수 없어요. 결과에 대한 근거가 확실해야 합니다.

로또에 당첨되어서 부자가 되었다면, 어느 날 로또를 샀고 당첨이 되었고 부자가 되었다고 써야 합니다. 그냥 부자가 이미 되어서 행복한 감정만 나열한다면 독자는 그 상황에 공감하기 어렵습니다. 이렇게만 적으면 누가 글을 그렇게 쓰냐고 생각할지 모르겠지만, 실제로 많은 사람이 그렇게 글을 씁니다. 실수이거나 잘 몰라서 혹은 그렇게 된 이유를 쓰기가 심적으로 쉽지 않아서 못 적는 분도 있어요. 예를 들어 가정폭력을 당했던 이야기를 쓰는데, 아버지에게 당한 폭력을 글로 적는다는 것은 쉬운 일이 아닐 테니까요. 그러나 사건 자체를 생략하고 감정만 나열하면, 독자가 사건을 짐작하기란 우리가 갑자기 우주 탐험을 하는 것만큼 어려운 일이에요.

셋째로, 이야기의 분위기가 잘 만들어져 있는지 확인합니다. 그 사건이 일어날 것 같은 뉘앙스를 풍기면서 글을 쓰는 거예요. 애인이랑 헤어지는 사건을 이야기하기에 앞서 그날 날씨가 갑자기 비가 많이 내렸다든지, 잘 사용하던 커피포트가 고장이 났다든지, 이런 상황을 적어주면서 분위기를 점점 잡아나가는 게 필요합니다. 그러면 독자는 그 흐름을 타다가 마침내 사건을 접하고 이야기에 빠져들게 되겠죠.

B양이 쓴 글에서 글쓴이의 슬픔에, 기쁨에 독자의 고개가 끄덕여지나요? 그렇다면 이제 다 된 거예요. 그다음은 꾸준히 쓰는 겁니다. B양이 글을 꾸준히 쓰는 것만으로 사실 스스로에게는 삶을 돌아볼 수 있고, 하루를 나답게 살 힘을 주기에 이미 도움이 되고 있을 거예요. 누군가가 내 글을 꼭 봐줘야만 하는 건 아니에요. 하지만 누군가가 봐주는 것은 글쓰기에서 조그만 원동력이 될 수 있으니까요. 그 원동력을 적절히 사용해서 B양이 3년이 아닌 30년간 꾸준히 글을 쓰는 사람이 되었으면 좋겠어요.

한 달에 딱 50만 원만 벌면
꾸준히 쓸 텐데

전 문예창작과를 나왔어요. 글을 꾸준히 써서 등단도 했어요. 글쓰기만이 내

삶의 전부라고 생각하면서 여태껏 달려왔는데…. 어느 순간 보니 제가 한 달

에 50만 원도 벌지 못하는 처지가 되었더라고요. 책을 출간해도 많이 팔리지

도 않고. 노력이 늘 물거품이 되는 것 같아서 어젠 제가 글을 올리는 온라인

사이트에 절필을 선언했어요.

- 글쓰기를 좋아하고 등단도 했지만 한 달에 50만 원을 벌기 힘들다며

절필을 한 B군

B군처럼 글을 잘 쓰는 사람이 절필하는 경우를 볼 때마다 정말 안타까워요. 열과 성을 다해 좋아하고 잘하는 것, 꼭 할머니 할아버지가 될 때까지 저는 했으면 좋겠거든요.

우선 B군 같은 경우는 글쓰기로 돈을 버는 것이 필요해요. 많이는 아니더라도 스스로 성취라고 느껴질 만큼부터 벌고, 차근차근 더 버는 방향으로 나가면 좋을 듯해요.

이 책에 나온 방법을 모두 다 활용하면 글쓰기로 수익화를 할 수 있겠지만, 우선으로 뭐든 생산해내는 사람이 먼저 되어보라고 말씀드리고 싶어요. 유튜브 영상도 하나 찍어 올려보고 인스타그램에 사진도 올려보세요. 블로그에 글도 올려보고 글쓰기 수업이나 책 쓰기 수업 영상 같은 걸 만들어서 올려 판매해보세요. 요즘 유튜브에 그것들을 하는 방법이 아주 잘 나와 있고요. 편집하는 일이 힘들다면 잠시 컴퓨터 학원에 다니는 것도 추천합니다. 처음에는 수익화가 뭐예요. 조회수 10을 넘기기도 어려울 수 있어요. 그러나 꼭 참고 콘텐츠를 만들어 올려보세요. B군만의 글쓰기 노하우로 하나의 스토리를 만드세요. B군이 글을 얼마나 좋아하는지, 글을 잘 쓰려면 뭘 해야 하는지 이런 것을 영상으로 만들어 올려보세요. 나중에 충분히 독자가 생기고 소통을 하게 되면, 뒤에 나올 수익화 방법으로 돈을 벌면 됩니다. 그 전에 해놓을 게 바로 '일단 올리기'예요.

일단 콘텐츠를 올리고 나면 글쓰기에 매몰되어있던 감정을 정리할 수 있어요. 물론 저도 온라인 활동 같은 거 하지 않고 글만 쓴다면, 훨씬 더 많은 글을 쓸 수 있다는 걸 알아요. 그런 활동들이 얼마나 글에 대한 집중력을 빼앗는지도요. 하지만 작품으로 이미 유명해진 작가가 아니라면, 돈이 아주 많아서 생계 걱정을 안 해도 되는 사람을 제외한다면, 글쓰기를 활용해서 돈을 버는 것에 대해서 생각해보셔야 해요.

글과 관련 없는 걸로 돈을 번다면 당장 수익은 생기지만, 글쓰기를 활용해 돈을 번다면 그 파이가 점점 더 커질 수 있어요. 시간이 지날수록 더 많이 돈을 벌 수 있게 돼요. 콘텐츠를 포함한 모든 기록이 쌓이고 그것이 온라인 세계에서 확장이 되니까요.

우리 이거 하나만 기억하기로 해요. 우리의 목표는 뭐다? 네, 할머니 할아버지가 되어서도 꾸준히 글을 쓰면서 사는 거예요. 이 책의 목표이기도 하고요. 그러기 위해서 잠시, 직선 길이 아닌 동그란 원으로 된 길을 걷는다고 생각하고요. 수익화에 대해서도 마음을 열어보세요. 어쩌면 수익화 과정에서 자신이 생각하지 못한 재능을 발견하게 될 수도 있고요. 그 재능이 글쓰기와 결합해서 B군만의 재능, 힘이 센 재능이 될 수 있어요. 한 발짝 함께 내디뎌 보아요. 아, 절필하기로 했다는 글은 어서 삭제하시고요.

내 원고는 왜 매번
출판사에서 거절당할까요?

전 어릴 적부터 책도 많이 읽고 글도 매일 매일 썼어요. 그래서 처음 투고할 때

도 그리 힘들지 않았어요. 글이야 얼마든지 있었고 또다시 쌓으면 되니까요. 그

런데 이상하게 출판사에 투고하기만 하면 반려 메일이 와요. 첫 번째 투고 때는

300군데, 두 번째 투고 때는 자그마치 500군데를 넣었는데도 말이죠.

'선생님의 원고에는 문제가 없지만, 저희와는 결이 맞지 않아…'

꼭 책을 내기 위해 글을 쓰는 건 아니지만, 답답하고 힘이 빠져요. 가끔은 출판

하는 데 들어가는 돈을 제가 반을 부담하면 출간해주겠다는 출판사도 있는데

요. 아직 그 방법까지는 생각해보지 않았어요. 원래 이렇게 출판이 어려운 일

인가요? 아니면 내 글이 그렇게 이상한 걸까요?

- 번번이 출판사에 원고를 투고해도 반려되기만 해서 힘이 빠지는 J양

우선 J양. 당신에게는 특별한 능력이 있다는 말을 먼저 드리고 싶어

요. 글을 꾸준히 쓰는 능력! 그래서 글도 금방 모을 수 있고, 성실하게

작업을 할 수 있다는 게 J양의 장점입니다.

다만 내 원고가 계속해서 출간되지 않는다면? 그건 내 원고가 이상

해서가 아니라 출판이 되기에 적합한 원고가 아니라는 뜻이라고 보는

게 정확합니다. 그러면 출판되어야 할 원고는 어떤 원고일까요?

세상에 없는 이야기, 요즘 사람들이 관심 가는 주제로 쓴 이야기 등

이런 것들도 모두 해당이 됩니다만, 가장 직관적으로는 이 기획이 책

으로 나왔을 때 사람들의 지갑을 열 수 있겠는가입니다. 출판사는 자

선단체가 아니고 이익을 창출해내야 하는 회사임을 기억해주세요. 그

래서 그 원고가 사람들의 지갑을 열 수 있을 때, 비로소 출판사 편집자

는 원고를 선택합니다.

저는 출판 관련 수업을 할 때면 학우님들께 이런 이야기를 합니다.

이 원고로 인해 출판사는 최소 2,000만 원가량의 돈을 선지출하게 되

는데요. 여러분이 쓴 원고, 혹은 기획서가 2,000만 원의 가치가 있는

것 같나요? 소위 말하는 대로 그 정도의 돈을 뽑을 수 있는 기획이라

고 생각하시나요?

일단 출판사와 계약을 하기 위해서는 2,000만 원짜리 기획서를 쓰는 게 필요합니다. 즉 잘 써야 합니다. 여기서 잘 쓴다는 것은 내용을 많이 쓰라는 의미가 아니라 좀 더 세심하게 나누고 쪼개서 적어보라는 의미입니다. 타겟 설정 시에도 그냥 유아, 이렇게 하는 것보다는 4세에서 7세 사이 한글을 못 뗀 아이들의 부모, 이런 식으로 설정할 수 있습니다.

목차도 꼼꼼히 써봅니다. 목차를 쓸 때는 서점에 가서 시중에 나온 같은 부류의 책을 참고합니다. 책 10권 정도를 가지고 목차를 짜다 보면, 아마 60~80% 정도는 비슷한 제목의 목차가 있을 거예요. 그 부분은 중요한 내용이라 J양 역시 넣는 걸 추천해드립니다. (목차 제목은 비슷하고 본문 내용은 작가만의 방식으로 풀어놓는 경우가 많습니다) 목차 나머지 20~40%를 자신만이 쓸 수 있는 특별한 목차 제목을 만들어보세요. 그것 때문에 J양의 책이 다른 책과 비교했을 때 차별화 포인트가 될 겁니다.

그다음 샘플 원고를 작성합니다. 샘플 원고를 보낼 때는 내가 최대한 잘 썼다고 생각한 원고를 고르시되, 글의 정체성을 확실하게 드러내는 글로 보내는 것을 추천해드립니다. 전체를 모두 출판사에 투고하는 것도 방법이 될 수 있습니다. 전문을 받으면 출판사 입장에서는 원고의 결을 확인하기 좋고, 출간 일정을 정하는 데에도 도움이 되겠죠.

이렇게 고민해서 다시 출간 기획서를 작성해 보세요. 글이 문제인 경우도 있지만, 계속해서 글만 고친다고 해서 이미 거절된 기획안이 통과되기란 어렵습니다. 전체적인 시장을 읽고 다시 기획안을 꼼꼼히 작성해 보세요. 출판사에서 러브콜이 올 거예요.

혹시 러브콜이 오지 않는다고 해서 방법이 없는 것은 또 아닙니다. 저는 J양을 포함해서 기획출판에 성공하지 못하는 사람들은 다른 방법으로 출판하기를 권해드립니다.

최근에는 자비출판이나 펀딩, 혹은 독립출판으로 책을 출판해서 좋은 성과를 내는 경우도 많습니다. 우리가 알고 있는 책 중 『죽고 싶지만 떡볶이는 먹고 싶어』가 처음 출간 당시 독립출판으로 출간이 되었고, 『달러구트 꿈 백화점』은 텀블벅을 통한 펀딩으로 출간되었어요. 그리고 『어서 오세요 휴남동 서점입니다』는 전자책으로 먼저 출간이 되었어요. 무조건 기획출판만을 고집하지 마세요. 특히 내가 일생일대에 한번 소장용으로 책을 내고 싶은 거라면, 더더욱 기획출판만 권장해드리지 않아요.

다만 다른 경로로 출간했을 경우는 더더욱 마케팅에 힘써야 하고요. 퍼스널브랜딩이 되어 있어야 판매로 이어지기 쉽답니다. 기획출판의 장점은 출판사에서 자체 온라인 채널을 가지고 있는 경우도 많고, 때에 따라 이미 연결이 잘 되어 있는 작은 서점이나 출판 관계자들이 많기에 이런저런 홍보성 이벤트를 시도해볼 수 있다는 겁니다.

J양, 앞서 말씀드린 방법으로 출간 기획서를 다시 작성하고 새로운 방법으로도 출간을 고려해보세요. 한 번에 가능하지 않더라도 몇 번 해보는 사이 출간 계약서에 도장을 찍고, 내 책이 서점에 나오는 기적을 경험하게 될 거예요.

Chapter 02

글을 써야 하는
현실적인 이유

- 무직자 연체자도 무방문으로 할 수 있는 글쓰기

- 이야기는 힘이 세다

- 글쓰기를 하면 타인과 나를 이해한다

- 메타인지 능력이 향상된다

무직자 연체자도
무방문으로 할 수 있는 글쓰기

'무방문 무직자 연체자 OK'

이 문구를 어딘가에서 본 적 있는가? 온라인 포털사이트에서 대출이라는 두 글자를 치면 나오는 문구다. 진짜인지는 모르겠지만, 아무것도 없어도 대출해주겠다는 의미로 적은 것이리라. 나는 이 문구를 보면서 항상 글쓰기와 같다고 느낀다. 가진 돈이나 직위, 학력이 없어도 할 수 있는 게 바로 글쓰기다.

당신은 지금 직업이 있는가? 혹은 가진 재산이 많은가?

나는 아무것도 없이 글쓰기를 시작했다. 20대 초반 전문대를 졸업해서 휴대폰 매장을 창업했다가 망했고 그 뒤 공무원 시험 준비를 했지만 3년 내내 떨어졌다. 이십 대 후반, 아파트를 팔려고 경기도에 있는 분양 상담실에서 일했지만 하나도 팔지 못해 다시 고향으로 내려왔다. 그러고 만난 지 한 달밖에 안 된 남자와 결혼했고 결혼 3년 차에 두 아이의 엄마가 되었다. 아기를 돌봐야 했고, 스펙도 없고 기술도 없으니 일할 수 있는 곳은 없었다. 그런데 아무것도 할 수 없었기에 오히려 다른 곳에 눈 돌리지 않고 글쓰기를 시작할 수 있었다.

기저귀를 갈고 분유를 타면서 몸은 집 안에 매여있었지만, 머릿속으로 생각은 누구보다 자유롭게 할 수 있었다.

'오늘은 뭘 쓰면 좋을까.'

소재로 하고 싶은 것들을 낮에는 메모해놓았고, 그 메모를 가지고 종일 파고들었다.

이 사건이 의미하는 바는 무엇인가?

때로는 거꾸로 그 의미에 적합한 사건은 나에게 무엇이 있을까를 생각했다.

순서는 중요하지 않았다. 하나의 사건이 이야기로 탄생하려면 그저 많은 시간 조각이 필요했다. 그 시간을 아이를 키우며 긁어모았다. 설거지 시간에서, 청소 시간에서, 음식을 해야 하는 시간에서. 긁어모으다 정신 차려보면 밥솥에는 72시간이 떠 있었고, 집은 엉망진창이었다. 그래도 결국 뭔가를 적었다. 생각을 글로 연결하는 것을 몇 번 해보다 보면 자신만의 스타일이 생기므로, 생각할 수 있다면 누구나 글을 쓸 수 있다. 시간적 제약이 많은 사람이라도 글을 쓸 수 있다.

글쓰기는 어딘가에 꼭 가야 할 수 있는 활동이 아니다. 자고 일어나서 침대 옆에서도 할 수 있다. 혹시 당신도 나처럼 며칠 씻지 않을 때도 있는가? 그래도 할 수 있다. 내가 안 씻는다고 내 글에서 냄새가 나는 건 아니다. 그리고 연체자든, 전과자든 상관없이 누구나 할 수 있다. 실제로 감옥에서 글을 쓰는 사람도 많다고 한다. 나는 주방 서랍을 열다가 몇 번이나 글감이 떠올라서 글을 썼다. 외국 여행이라고는 일본 말고는 가본 적도 없지만, 영감은 내 집 화장실 변기 뚜껑을 내리다가도 찾아왔다. 아무것도 없다고 스스로 느끼는 사람이 제일 쉽게 시작할 수 있는 게 글쓰기이다.

무직자, 무방문, 연체자인가?
주부, 탈북자, 학생, 고시생인가?

종이와 펜이 있고, 생각만 할 수 있다면 글을 쓸 수 있다. 아무것도 없는 상태에서 무언가 만들어낼 수 있는 것 중 가장 기본이 되고 쉬운 것은 글쓰기이다. 글쓰기를 하면 생각이 정리되고, 생각이 정리되면 점점 더 좋은 글을 쓸 수 있게 된다. '생각'이라는 원료는 누구나 가지고 있다. 생각하지 않는 사람은 이 세상에 없으니 모두에게 평등한 것. 그것이 글쓰기이다. 당연히 당신도 쓸 수 있다.

이야기는 힘이 세다

넷플릭스, 유튜브, 책, 웹소설의 공통점은 무엇인가? 이야기가 안에 있다는 거다. 재밌는 이야기의 원천은 여기저기 다른 콘텐츠로 재생산되기도 한다. 웹소설을 기반으로 영화나 드라마가 제작된 경우가 이와 같다. 그렇게 제작된 영상이 무조건 히트 친다고 하기는 어렵지만, 인기 있었던 작품이 많았던 것도 사실이다. 그래서 각종 공모전을 통해 이야기의 원천을 찾으려는 노력이 상당하다. 그 원천으로 다양한 것을 만들 수 있으니까 말이다. 이렇게 대단한 '이야기'라는 것은 도대체 무엇인가? 사전적 의미로 살펴보자면 다음과 같다.

'어떤 사물이나 사실, 현상에 대하여 일정한 줄거리를 가지고 하는 말이나 글.'

일정한 줄거리를 가지고 하는 말이나 글이라고 했는데, 그러면 평소 하는 말은 모두 다 이야기일까? 밥 먹었어? 양치했어? 이런 것도 모두 이야기가 되는 걸까?

여기에는 다양한 견해가 존재하는데 나는 서울대학교 독어독문학과 교수인 김태환 교수의 「이야기란 무엇인가」라는 강의를 듣고 답을 찾게 되었다. 김태환 교수는 이렇게 말한다. 모든 말이 이야기라고 하기는 어렵고, 이야기는 말의 특수한 종류라고 할 수 있다. 이야기라는 것에는 상태와 변화의 차이가 들어가야 한다. 사건에 대한 말이라고도 할 수 있다고 한다.

매일 같이 똑같은 식사를 반복하는 사람이라면 그것은 이야기가 될 수 없고 상태, 행동의 변화가 느껴져야 한다는 것이다. 그 밥을 먹으며 누군가가 밥상을 뒤엎던지, 혹은 그 식사가 처음이자 마지막 식사라든지. 이런 것이 있어야 그것은 사건이 되고 한 편의 이야기가 될 수 있다. 그런 의미에서 당신이 겪은 하루하루들은 모두 이야기가 될 수는 없지만, 당신 스스로가 이야기라고 생각하는 지점이 있다면 (감정의 변화나 상태의 변화) 이야기가 될 수 있다.

그러면 이 이야기는 어떤 특징을 가지고 있을까? 인지심리학자 제롬 브루너에 따르면 사람은 이야기를 통해 정보를 접할 때 팩트로 들었을 때보다 22배 더 잘 기억한다고 한다. 강의하거나 교훈을 전달해야 할 때 "사람은 사람을 괴롭히면 안 돼!"라고 이야기하는 것보다 "옛날에 콩쥐와 팥쥐가 살았어요" 하고 콩쥐팥쥐 이야기를 해주는 게 듣는 사람이 훨씬 더 잘 기억한다는 거다.

여기서 알 수 있는 이야기의 첫 번째 특징은 일반적 사실 나열보다 더 잘, 오래 기억할 수 있다는 것이다. 그리고 두 번째 특징은 멀리 퍼져나가는 것이다. 재밌는 이야기는 식탁에서 식탁으로, 낙서에서 낙서로, 그리고 책에서 책으로, 영상에서 영상으로 멀리멀리 퍼져나간다. 당신은 재밌는 이야기를 어디선가 들으면 어떻게 하는가? 나는 그 이야기를 꼭 남편에게 말한다. 극 내향인 남편은 이야기를 듣고 본인도 재밌다고 느끼면 온라인 커뮤니티에 공유한다. 예전에는 돌멩이나 나무 등에 이야기를 새겼다면, 지금은 방법이 많아졌다. 여러 곳에 이야기를 퍼뜨릴 수 있다. 개인적으로 운영하는 SNS는 물론이고 아이를 키운다면 맘카페, 운동을 좋아한다면 운동 커뮤니티에, 혹은 지금 다니는 대학의 커뮤니티 공간 등 무궁무진한 온라인 공간에 글을 퍼뜨릴 수 있다. 그 이야기를 퍼뜨린다고 내게 지식이나 돈이 더 생기지 않는다. 그런데도 우리는 재밌는 이야기는 일단 퍼뜨리고 본다. 퍼뜨리지 않고서는 못 배긴다. 세상 재밌는 이야기를 가슴에 품고 있기란 얼마나 힘든 일인가.

이런 속성으로 인해 이야기는 널리 퍼진다. 내 첫 책 『무심한 듯 씩씩하게』는 아마존 사이트에서도 판매되고 있다.[1] 그 책은 나를 떠나 강을 건너고 바다를 건너 다른 나라에 갔다. 그러는 사이 나는 여기 울산에서, 집 근처 편의점에서 겨우 3종의 커피를 보고 뭘 마실지 고민하고 있다.

결국 이야기는 힘이 세다. 나는 이야기의 힘을 당신이 느끼고 누렸으면 좋겠다. 글을 한 편 쓰면 어딘가와 계약하지 않는 이상 그 글은 당신 것이다. 당신 자체는 아직 큰 영향력이 없더라도 당신 것이 된 이야기는 힘이 세다. 이야기의 등에 올라타서 당신이 돈도 벌고 그 돈으로 더 많은 이야기를 쓰게 되길 바란다.

---

1) 영문 버전이 아닌 한국에서 판매되고 있는 한국어판이 판매되고 있다.

글쓰기를 하면
타인과 나를 이해한다

당신은 타인이 이해가 가지 않았던 적이 있는가? 지하철에서 화장을 고치는 사람, 말을 할 때 담배 냄새가 너무 많이 났던 사람, 식당에서 차례를 기다리는데 새치기를 하는 사람 등 정말 많은 사람이 있을 것이다. 시간을 거슬러 고등학생 때로 올라가 보자. 그때도 이해되지 않던 친구가 분명 반에서 몇 명은 있었을 것이다. 내 학창 시절에 대해 잠깐 말해보려고 한다.

나는 등교 후 학교 화장실에서 머리를 감고, 수업 시간에는 소설책을 읽거나 잠을 자고, 도시락을 6개씩 싸다니면서 친구도 없이 혼자 그 도시락을 먹어 치우던 아이였다. 전교 석차가 거의 꼴찌 수준이었는데, 공부도 하지 않고 할 마음도 크게 없었다. 그러면서도 밤마다 몽쉘통통을 먹어 치우며 로맨스, 만화, 소설을 닥치는 대로 읽었다.

나는 꽤 오랫동안 그런 나를 미워했다. 그런데 글을 쓰고 난 뒤 내가 나쁘거나 멍청한 게 아니라 그냥 학교라는 곳이 잘 맞지 않는 아이였고, 남들보다 속도가 느린 아이였다는 걸 인정하게 되었다. 그러고 나니 그 당시 나와 놀지 않은 친구들도 조금 이해가 갔다. 나 같아도 내가 정말 싫었을 것 같다는 생각을, 먼저 친구들에게 다가갔으면 좋지 않았을까 하는 생각을 글의 주인공이 되고 나서야 하게 되었다.

또한 글을 쓰자, 타인에 대한 이해도 높아지게 되었다.

당신은 만약 글을 읽다가 어떤 인물이 주인공에게 별안간 뺨을 때린다면 읽던 책을 덮어버릴 텐가? 아마 그러지 않고 내가 모르는 사정이 있을 거로 생각하며, 다음 페이지를 넘기느라 바쁠 것이다. 이처럼 우리는 이야기 속에서는 '인물마다 사정이 있겠지'라고 생각하며 보이는 면 말고도 뒷면, 옆면에 대해 생각한다. 그런데 현실에서는 어떤가? 나와 친한 친구가 갑자기 내게 다가와서 다짜고짜 욕을 한다면? 뺨을 때린다면? 아마도 당신은 그 친구의 방금 한 행동, 내게 보인 단면만을 보고 서서히 멀어질 준비를 할 것이다.

글을 쓰면서 타인을 이야기 속 인물처럼 받아들이게 되었다. 모두에게는 각자의 사정이 있다. 항상 이걸 염두에 두게 되었다. 물론 이 마음으로 계속 산다면 화를 내야 할 사람에게도 화를 내지 못하게 된다는 단점이 있지만, 중요한 순간에는 항상 기억하자. 모두에게는 분명히, 각자의 사정이 있다. 함부로 남을 비난하는 것은 그 사람을 잘 몰라서 가능한 걸지도 모른다. 자책에 빠진 사람이라면, 그것 역시 자신을 잘 몰라서 가능한 걸지도.

　글을 쓰면 타인과 나 자신을 잘 받아들이게 된다. 약속 시간에 늦은 사람에게 너그러울 수 있다. 보이는 면이 다는 아니다. 그 사람에게는 내가 모르는 시간이 존재한다. 이런 생각만으로도 세상 살기가 한결 수월해진다. 갑자기 난이도가 쉬워진 게임을 하는 것처럼 말이다.

메타인지 능력이 향상된다

"책 한 권을 쓰고 삶이 바뀌었어요" 하며 새롭게 뽑은 차를 보여주고, 외국 여행을 다니는 일상을, 벌고 있는 구체적인 금액을 이야기하는 사람이 가끔 영상에 나온다. 그런 것을 보며 한쪽에서는 와, 대단하다. 나도 저렇게 되고 싶다고 생각하고, 한쪽에서는 거짓말이라고 생각한다.

책을 쓰면 정말 삶이 바뀔까? 매일 해외여행을 하면서 살 수 있을까? 아마 영상 속 주인공은 정말 그렇게 된 사람 중 한 명일 테지만, 대부분은 그렇게까지 삶이 변화하지 않는다. 대신에 매일 해외여행을 가는 건 내게 필요 없다는 사실을 깨닫게 된다. 즉, 글쓰기를 계속함으로써 우리는 자기 자신에 대한 인지능력이 올라가게 된다. 메타인지 능력이 향상된다. 메타인지란 인지 위의 인지, 즉 자신의 인지 과정에 대해 생각하여 자신이 아는 것과 모르는 것을 자각하는 것과 스스로 문제점을 찾아내고 해결하며 자신의 학습 과정을 조절할 줄 아는 지능과 관련된 인식을 의미한다.

이 문제는 내가 모르는 문제네, 이걸 먹으면 잠이 올 테니 지금 잘 준비하자, 영어시험을 치기 위해서는 전 해 시험지를 먼저 분석해보자, 같은 생각을 할 수 있게 된다는 얘기다.

나는 이십 대 중반까지 휴대폰 매장을 하다가 망했다. 망하고 난 뒤 일주일도 되지 않아 경찰공무원 학원 문을 두드렸다. 학원비를 내고 등록한 그때부터 오전에는 학원에서 수업을 듣고, 오후에는 건물 내에 있는 독서실에서 자습했다. 매일 밤 10시까지 공부를 했는데도 시험을 치면 영어점수가 과락이었다. 아주 운 좋게 60점을 맞은 적 빼고는 늘 40점이 안 되었다. 영어 공부만 했는데도 말이다.

이랬던 내가 글쓰기를 시작하면서부터 바뀌었다. 일을 진행하기 전에 일의 큰 틀이 보이기 시작했고, 세분화해서 내가 할 수 있는 것과 할 수 없는 것이 구별되었다. 그러자 자연스럽게 의사결정 능력이 좋아져서 주변 사람들과 사이도 좋아졌고, 대부분의 일을 완성하게 되었다. 나를 알고 글쓰기나 업무처리를 하니 자연스럽게 수익도 증가했다.

『초등 메타인지, 글쓰기로 키워라』라는 책에서 보면 글쓰기와 메타인지 과정은 유사한 점이 많아서, 글쓰기 훈련을 할수록 메타인지 능력을 키우는 데 도움이 된다고 말한다.

글쓰기 과정은 3단계이다.[2] 크게 보면 계획, 쓰기, 검토/수정 단계로 이루어져 있다. 계획 단계에서는 글의 주제, 전반적 내용 및 구조에 대한 계획을 세우고, 자기 아이디어를 추상적 단어 또는 개념 간 연결 등 어떠한 방식으로 구체화하고 표현할지 역시 계획된다. 두 번째 단계에서는 1단계를 실제 글로 옮기는 단계로 언어의 규칙과 제약에 따라 적절한 어휘를 선택하고 문장구조를 선정하고, 마음속에 있는 의미 구조를 글로 표현하는 과정이 일어난다. 마지막 단계에서 작성한 글을 검토하고 보완하는 작업이 이루어지는데, 이미 작성된 글에 대한 평가와 검토를 하거나, 검토한 결과를 글에 반영하는 활동 또는 그 산물을 일컫는다.

이처럼 글쓰기는 여러 가지 단계를 거쳐 사고를 통합하는 과정이다. 이 단계를 거쳐 꾸준히 글을 쓴다면 어느새 자신의 메타인지 능력이 올라가게 될 것이다.

3년 내내 영어에서 과락을 맞았던 이유는 단순하다. 나를 모른 채 공부를 했기 때문이다. 내가 어떤 상태인지를 인지하지 못하고 그저

---

2) 대학생의 글쓰기 메타인지가 글쓰기 관련 효능감에 미치는 영향/도승이 논문 인용

영어 단어장만 달달 외웠으니 전혀 효과가 없었던 거다.

지금의 나는 글을 쓸 때 자신에게 질문을 많이 던진다.

독자가 좋아할 만한 제목은 뭘까. 도입이 임팩트가 있는가? 너무 길지는 않았나? 배경 설명이 좀 부족해서 독자가 상황을 이해하지 못하게 쓴 건 아닌가? 사건을 좀 더 사건답게 쓰려면 어떻게 써야 좋을까. 결말에는 나만의 시선이 들어갔는가? 이런 식으로 말이다. 또한 글을 완성 후에는 제삼자의 눈으로 퇴고하는 시간을 가진다. 그리고 온라인에 올려서 독자의 반응을 보며 글을 수정한다.

결국 글쓰기를 통해 메타인지 능력이 향상된다는 것은 스스로 생각을 관리할 수 있게 된다는 거다. 관리를 할 수 있게 되면 글뿐만 아니라 모든 부분에서 향상된다. 이 정도면 세상을 쉽게 살 수 있는 치트키라고도 할 수 있다.

Chapter 03

글 쓰는 사람으로서
정체성 세우기

평범함을 넘어 바보가 되어보자

"전 평범해서 글로 쓸 게 없어요."

자신이 평범해서 글로 쓸만한 특별한 소재를 찾을 수 없다고 이야기 하는 사람들을 많이 만났다.

당신이 생각하는 평범의 기준은 무엇인가? 아마 다들 생각하는 평 범의 기준은 다를 것이다. 그러나 기준과 상관없이 대부분은 자신이 평범하다고 생각한다. 나는 그런 사람들에게 평범하기에 글을 쓰라고 더 권한다. 평범하기에 더 좋은 글을 쓸 수 있다고도 말해준다.

스스로 특별히 잘하는 게 없는 평범한 사람이라고 생각한다면 한 번쯤 그 지점을 고민하게 된다. 결핍에 집중하게 된다. 결핍에 대해서 많이 생각하다 보면, 긴 바늘로 두꺼운 종이를 뚫듯이 파고들다 보면, 스스로에 대해 더 깊숙이 들어갈 수 있게 된다. 업무를 제시간에 빨리 처리해야 하는 다른 직업에서는 자신에 대해 고민하다 일 처리가 늦어지는 것은 추천할만한 방법이 아니지만 글쓰기는 다르다. 내가 엉망진창이고 아주 모자란다고 생각하는 지점에서 나만의 단점, 그것이 내 색깔이 되고는 한다. 비를 맞고 청승맞게 애인의 집 앞에서 애인을 기다리면서 정말 이번 연애는 끝낼 수 없다고 생각하는 그 바보 같은 지점에서 많은 사람이 공감할만한 이야기를 짓게 된다.

나는 공무원 시험을 준비할 때 운동복을 목까지 잠그고 운동화를 신고 언제까지나 자신을 미워하며 걷기만 했다. 해가 지는 광경을 바라보면서, 다리가 아프다고 생각하고 컵라면을 지나치게 먹고 싶다고 생각했던 시간이었다. 그 지점에서 많은 이야기가 탄생했다. 내 글이 조금 덜 유치하다면, 혹은 공감 간다면 그때 내가 걸었던 덕분이라고 생각한다. 한번 했던 생각을 뒤집어서 또 하고 뒤집은 생각을 다시 똑바로 해보고, 다른 측면에서 바라보는 걸 반복했다. 양말을 그렇게 해 봤자 먼지나 하나 더 발견할까, 얻는 게 없겠지만 생각은 다르다. 그렇게 해야만 남들이 보았을 때 조금이라도 덜 유치한 글을 쓸 수 있게 된다. 생각 자체가 얕으면, 퇴고를 계속 진행하더라도 유치한 글이 될 수 있다.

그래서 스스로 평범하다고 생각할 수 있는 건 적어도 글쓰기에서만큼은 축복이다. 여러 갈래로 생각해보는 그 지점에서 수많은 이야기가 탄생하니까.

'나 왜 이렇게 평범할까. 특출나게 잘하는 게 없을까? 난 왜 이것밖에 못 하지?'

이런 생각은 다른 생각을 낳는다. 그걸 글로 적으면 된다. 적다 보면 생각은 저 멀리 어디론가 가기도 하고 가까운 곳에서 머물기도 한다. 중요한 것은 그것이다. 생각을 뒤집고 똑바로 하는 과정을 반복하는 것.

내가 너무 잘나서 나를 기준으로 세상이 돌아가는 것 같은 사람은 글쓰기를 잘하기 어렵다. 그들은 결핍에 대한 경험이 적을 가능성이 있고, 모든 일을 효율적으로 처리하기 때문이다. 글쓰기에서 효율성을 지나치게 찾으면 독자에게 사랑받지 못하는, 자칫 독자가 공감하지 못하는 가장 느린 글이 될 수도 있다. 평범함을 넘어 바보가 되려 노력하자. 비가 왔다. 비를 맞고, 늘 가던 길도 돌아가고, 했던 생각을 또 하고.

마치 극도의 비효율을 추구하는 바보 같지만, 이런 바보가 책상에 앉으면 훨씬 더 빨리 좋은 글을 완성할 수 있다.

자신을 평범하다고 생각하는 당신은 살면서 결핍을 느껴본 적이 반드시 있을 것이고, 그것에 대해 글을 쓸 수 있다. 당신이 무수히 반복하는 경험과 고민이 누군가가 공감할 수 있는 글이 된다. 글쓰기에서 평범함은 축복이다.

온라인상에서 글을 꾸준히 생산해내자, 출간은 그다음

저자는 책을 낸 사람을 뜻하고 글 생산자는 공개적인 곳에 글을 꾸준히 생산해내는 사람이라고 생각한다. 10년, 20년 만에 새로운 작품을 내는 사람은 생산자라기보다는 창조자, 혹은 작가일 것이다. 당신은 가장 우선으로 글 생산자가 되어야 한다.

글 생산자가 되어서 꾸준히 글을 쓰게 되면, 내 글을 읽는 독자를 확보할 수 있다. 한 공간에서 계속 글을 생산하다 보면 그들 중 누군가는 내 팬이 되어 작품을 좋아해 준다. 거기서 많은 것들이 이어질 수 있다. 출간, 강의, 컨설팅도 된다. 아주 소수일지라도 나를 좋아하는 사람을 우선으로 모아야 한다. 그걸 하려면 자신을 일단 많은 사람에게 알려야 하는데, 그러려면 출간보다는 온라인에서 글을 생산하는 형태가 훨씬 적합하다. 글을 좋아하는 사람은 거기서 놀고 있으니까.

생산자의 장점은 빠르게 반응을 볼 수 있다는 것이다. 올리자마자 그 글은 세상에 퍼진다. 누군가는 내 글에 좋아요 표시를, 누군가는 댓글을 달아준다. 해당 플랫폼 담당자는 메인에 노출해주기도 한다. (브런치 스토리의 경우 다음, 네이버 블로그의 경우 네이버로) 또 다른 장점은 온라인에 올리는 글뿐만 아니라 이들이 나를 왜 좋아하는지 파악하는 것도 빨라진다. 요즘 사람들은 사실 정보가 넘쳐난다. 누군가는 내가 말하려고 하는 것에 대해 이미 말했다. 관련 강의를 하는 사람은 수도 없이 많은 상황에서 내 글이나 나를 좋아하는 이유는 무엇인가? 그 지점을 알아야 한다.

나는 자주 글쓰기 강연을 하러 다니는데, 그때마다 이런 생각을 한다. '글쓰기의 역사'처럼 몹시 어려운 추상적인 이야기보다 그들이 내게 듣고 싶은 건 어떻게 평범한 사람이 책을 쓰고 글로 돈을 벌고 있는지에 관한 이야기일 테다. '저 엄마는 평범하고 나보다 못한 스펙을 가지고 어떻게 책을 출간하고 지금은 글쓰기로 먹고살고 있을까'가 궁금한 것이다. 내가 글쓰기로 몇백억을 번 자산가인 것도 아니고 글쓰기에 대한 심오한 지식을 가진 것도 아니지만, 그들 역시 그런 쪽으로는 나 말고 다른 작가에게 가서 들으면 그만이다.

책 출간이 우선 목표가 되어서는 안 된다. 물론 한두 달 바짝 글을 써서 투고하면 출판사 측에서 책을 내자고 연락이 올 수도 있다. 출간도 빨리 될 수 있고 금방 작가라는 타이틀을 딸 수 있다. 그게 필요한 사람은 그 길로 가야겠지만, 1년이라는 시간을 가지고 천천히 글을 써도 된다면 글 생산자로 시작하는 게 이득이다. 일단 1년을 꾸준히 쓰면 글쓰기가 주는 모든 효과를 누릴 수 있으며, 팬이 생긴다. 나처럼 온라인 활동 자체를 좋아하지 않았던 사람도 꾸준히 올리면 팬이 생긴다. 천 명의 열렬한 팬만 있으면 어떤 사업도 할 수 있다는 얘기가 있지 않은가? 글쓰기는 천 명일 필요도 없다. 처음에는 뭔가를 팔 필요도 보여줄 필요도 없다. 일상을 기록한다는 마음으로 글 생산자의 대열에 합류해보자.

누누이 얘기하지만, 글 생산자가 되는 게 출간보다 중요하다. 출간은 내 기준에서 축제이다. 다른 사람에게는 냉정히 말하면 강 건너 불구경에 불과하다. 요즘에는 책을 정말 빨리 쓰는 작가가 많다. 주위에도 첫 책이 나오면 이미 두 번째 원고를 쓰고 있고, 두 번째 원고가 책이 될 때쯤 세 번째 원고를 완성하는 사람이 꽤 있다. 일 년에 두 권씩 출간해서 나보다 글을 쓴 지 오래되지 않았는데도 벌써 저서가 다섯 권이 넘는 작가도 있다. 그런 작가 중 소통을 잘하는 작가도 있지만, 대중과 제대로 소통하지 않는 작가라면 책이 이벤트처럼 출간되었다가 반짝하고 그냥 끝나기도 한다. 글을 빨리 써서 다른 사람들에 비해 빠르게 출간할 수 있다는 건 재능이다. 거기다가 대중과 소통까지 한다면 더 큰 재능으로 키울 수 있지 않을까.

글 생산자가 되겠다고 결심하자. 글을 온라인상에 꾸준히 생산해내자. 대중의 반응을 보고 그들의 의견을 참고해서 다음 글을 또 생산하자. 그리고 또다시 그들의 의견을 듣고 새로운 글을 생산하자. 당신이 생산한 글을 읽는 독자 몇몇은 진정으로 팬이 되어서 당신을 응원해줄 것이다. 이것이 길게 이어지면 글도 쌓이고 글쓰기 실력도 쌓이고 팬도 쌓인다. 아, 그리고 돈도 쌓을 수 있는 초석이 된다.

언제까지 남의 글만
읽을 건가요?

    나는 어린이집에서 애들을 등·하원 시킬 때 곧잘 걸어서 간다. 30분 정도 걸리는 거리라서 딱 운동 삼아 걷기 좋다. 그 길을 걷다 보면 보도블록을 새롭게 까는 공사가 진행될 때가 있다. 공사하는 광경을 보고 있으면 누군가가 이 길을 만들었다는 게 실감이 간다. 아마 당신도 연말에 심심찮게 보도블록 공사하는 광경을 볼 수 있을 것이다.

    나는 이 보도블록 위를 편하게 걷는 게 독서라고 생각한다. 독서는 누군가가 만들어 놓은 생각의 길을 편안하게 걷는 과정이다. 100권의 책을 읽었다고 해도 스스로 고민하고 질문해서 책의 내용을 재해석하는 행위가 없다면, 그냥 100가지의 길로 걸은 것밖에 되지 않는다. 물론 책을 읽으면서도 머릿속으로 생각한다. 독서는 내 관점과 사고의 폭을 넓혀준다. 그러나 그 책을 쓴 저자만큼, 방금 읽은 한 권의 책에 대해 생각하기란 쉽지 않다.

한 편의 글을 만드는 것은 마치 아무것도 없는, 풀과 돌멩이만 가득한 길가에서 시작하는 것과 같다. 엉망진창 길에 풀을 다 뽑고 해머나 곡괭이로 돌을 깨고 우선 땅을 편편하게 만드는 것부터 해야 한다. 첫 책을 내고 나서 확실히 알게 되었다. 내가 정말 고민하고 한 자 한 자 지웠다가 쓰고를 반복한 원고를 독자는 잘 편집된 모양새를 갖춘 책을 통해 편하게 읽는다는 것을. 물론 그게 나쁘다는 게 아니다. 나 역시 좋은 작품을 책을 통해 편하게 읽을 수 있다는 게 감사하고 기쁘다. 다만 돌멩이가 가득한 길을 하나의 평평한 길로 만들기 위해 글을 쓰는 사람은 읽는 사람보다 여러 관점으로 생각하며 통찰력을 키우는 데 시간을 많이 들일 수밖에 없다. 다각도로 생각하는 과정을 통해 자기만의 길이 만들어진다.

자기만의 생각의 길은 누구에게나 필요하다. 나만의 길이 있어야 다른 사람의 길을 보고 휘둘리지 않는다. 오히려 받아들일 수 있다. 자신만의 생각의 길이 기준이 되어준다. 요즘 같은 시대에서는 더더욱 필요하다. 이것이 좋은가, 나쁜가. 나에게 도움이 되는가. 되지 않는가. 그 친구와는 계속 만나야 하는가. 그만 봐야 하는가. 이 모든 것의 답을 당신이 직접 내릴 수 있어야 한다. 그러려면 잘 닦인 자신만의 길이 필요하다. 그런데 이 길을 만들라는 것이 너무 모호하다. 많이 생각하고 성찰하면 자신만의 생각 길을 만들 수 있겠지만, 가장 쉬운 방법은 문장을 만드는 것이다. 문장을 만들면서 사람은 생각하니까. 결국 같은 말이지만 문장은 눈에 보이니까. 그래서 문장을 만드는 글 생산자가 되면 자신만의 잘 닦인 생각의 길이 생긴다.

독서는 지식이나 생각을 받아들이는 형태이지만 글쓰기는 주체적이다. 주체적으로 글을 생산해낸다.

"언제까지 남의 글만 읽을 건가요?"

이건 내가 글쓰기 수업 시간에 자주 하는 말이다. 남의 글도 읽어야 한다. 그러나 남의 글만 읽어서는 안 된다. 자신의 글도 만들어내야 한다. 자신의 글이 있어야 주체적으로 정보를 받아들일 수 있다. 당장 당신은 새롭게 만든 문장이 있는가. 지금 생각을 한 줄로 요약할 수 있는가. 책을 덮고 이 책이 어떤지 자기 생각을 적어 보자. 그리고 가능하다면 온라인에도 올려보자. 그것부터 시작해보자. 그렇게 글을 쓰다 보면 더 이상 남의 글도 남의 길도 아닌 자신만의 길을 가게 될 것이다.

또한 아주 당연하게도, 보도를 걸을 때 우리는 돈을 벌지 않는다. 하지만 보도블록 공사를 한 사람은 돈을 벌었다. 독서 역시 마찬가지다. 독서할 때는 돈을 벌지 못한다. 그러나 당신이 길을 만드는 글쓰기를 할 때는 돈을 벌 수 있다. 생산자는 돈을 번다. 소비자는 돈을 쓴다. 너무나 당연한 원리임을 잊지 말자. 생산자는 늘 돈을 번다.

작가 놀이하기

당신은 진심으로 자신이 글 쓰는 사람, 작가가 될 수 있다고 믿는가?

나는 처음 글쓰기를 시작하고 얼마 되지 않아 브런치스토리 작가가 되었다. 합격 메일을 받고도 제일 믿을 수 없던 사람은 나였다. 막연히 작가로 성공하면 좋겠다고 생각했지만, 자신을 스스로 작가라고 믿을 수는 없었기에 "전 작가예요"라고 소개한 적도 당연히 없었다. 그 당시 내가 나를 작가라고 스스로 생각할 수 있게 하고 여러 작은 성공을 거둔 작가 놀이에 대해 말해보려고 한다.

첫 번째. 명함 만들기

브런치스토리 작가가 되고 난 뒤 바로 명함을 만들었다. '작가 김필영'이라고 명함을 만들기 위해 인터넷을 찾아보니 최소가 200매여서 조금 고민했지만, 결제를 누르기까지 얼마 걸리지 않았다. 며칠 뒤 명함은 내게 도착했다. 그렇게 뿌듯할 수 없었다. 누군가에게 그 명함을 내밀 자신은 여전히 없었지만, 밤마다 명함을 바라보며 실실 웃었다.

'내가 진짜 작가인 건가?'

네모난 명함을 바라만 보아도 기분이 좋았다. 나 스스로 작가임을 믿게 하는 데 명함이 확실히 한몫했다. 김병완 작가의 『독자를 유혹하는 책쓰기』에서는 변호사나, 검사 명함을 만들면 사칭이지만 '우리 모두 글을 쓰는 한 누구나 작가'라 말한다. 공감한다. 책의 저자가 아닌 글을 만드는 작가는 글을 쓴다면 누구나 만들 수 있는 직함이다.

두 번째. 공표하기

내 책이 1년쯤 뒤에 나온다고 주위에 이야기하고 다녔다. 사실 이것은 글 쓴 지 얼마 되지 않아 출판사에서 진행한 공저 프로젝트에 합격해서이기도 했다. 금방 책이 나올 것처럼 했으나, 별도 추가 공지 없이 원고만 제출하고 무산되었다. 그렇게 보내는 1년 동안 지인들이 지겹도록 내게 질문했다.

"책은 언제 나와?"

그 말을 들을 때마다 뭐라도 해야 할 것 같은 기분과 함께 식은땀이 흘렀다. 구체적으로 어떻게 출간할지를 고민하기 시작했다. 원고를 모았고 출간 컨설팅을 받기도 했다.

세 번째, 작가처럼 입기

처음 브런치스토리 작가가 되었을 때 둘째가 한 살이었지만, 아기띠를 할지언정 정장을 포기하지 않았다. 그때 내가 살던 동네의 미용실 아주머니와 마트 이모는 종종 내게 인사를 건넸다.

"퇴근하고 오시나 봐요~ 시간대가 자유로운 직장이라 좋네요!"

작가가 정장을 입어야 하는 것은 아니지만, 내 청사진 속 작가는 정장을 입고 있었다. 그전까지 입고 다녔던 목부터 발목까지 다 가리는 통이 크고 해진 홈웨어를 입은 채 외부에서 작가 활동을 하지는 않을 것 같아서 별도의 선택지 없이 정장을 입었다. 옷차림도 신념을 유지하는 데 확실히 도움이 되었다. 그렇게 입고는 뭔가를 해야 할 것 같은 기분이 들었고, 글쓰기 모임이라도 한 번 더 나가고, 글이라도 한 편 더 쓰게 되었다. 아마 집에서 홈웨어를 입고만 있었더라면 드러누워서 책이나 휴대폰을 보며 라면이나 부셔 먹었을 것이다.

네 번째, 작가 프로필 사진 찍기

작가가 되면 사용할 프로필 사진을 책을 계약하기도 전에 미리 찍어놓았다. 프로필 사진을 잘 찍는 곳을 찾아 예약하고 3개월이나 기다려 그곳으로 갔다. 사진기사에게 이번에 나올 책에 쓰일 사진이니 잘 찍어달라고 부탁드렸다. 언젠가는 사용될 사진을 곧 사용될 거라고 속이긴 했지만, 그래야 그 느낌을 잘 살려주실 것 같아 그렇게 말했다. 촬영에서는 실제로 내 저서가 없기에 연필을 들거나 일기장, 혹은 다른 작가의 책을 들고 찍었다. '내가 지금 뭐 하는 건가?' 하는 생각이 들었지만, 그 사진은 정확히 일 년 반쯤 뒤부터 여러 공공기관, 세바시에서 사용되었다.

중요한 것은 딱 그때부터, 사진이 나온 뒤부터 스스로 작가라고 조금씩 믿게 되었다. 그사이 브런치스토리 글이 다음 포털사이트 메인에 계속 노출되어 135만 회라는 조회수를 기록하게 되었다. 책은 나오기 전이었지만 자신감과 용기가 생겼다.

정말 나는 작가일지도 모른다!

당신의 글로 아직 성과물이 나오기 전이라면 틈틈이 '작가 놀이' 하는 걸 추천한다. 작가 놀이가 당신에게 작가라는 신념을 키워줄 것이다. 당신이 믿어야 다른 사람도 믿는다. 이 방법 말고도 '나는 작가다' 라고 소리 내서 말하거나 종이에 쓰는 확언도 좋다. 스스로가 믿을 수 있다면 어떤 것도 다 좋다. 작가 놀이하다가 보면 작가가 된다. 내가 작가라고 믿어야 작가인 방향으로 흘러간다. 계속해서 그쪽으로 사고를 확장하자. 분명히 글을 쓰며 돈을 버는 작가의 삶으로 한 발짝 나아가게 될 것이다.

Chapter 04

꾸준한 글쓰기를 위해
필요한 시스템

다섯 가지
글쓰기 시스템 만들기

1) 열정보다 시스템이 우선

해가 바뀔 때 새해 인사처럼 꼭 들려오는 질문이 있다.

"올해 목표는 뭐예요, 버킷리스트 있어요?"

당신은 이 질문에 대해 어떤 답을 했는가. 혹시 글을 쓰고 싶다거나 책을 내고 싶다고 대답하지는 않았는가?

그런데 지금 당신에게는 자신의 이름이 박힌 저서가 있는가? 온라 인에서 꾸준히 글을 발행하는 글 생산자가 되었는가? 채워진 일기장이 몇 권이나 책꽂이에 있는가? 이미 눈에 띄는 성과물이 있다면, 이 부분을 읽지 않아도 좋다.

그렇지 않다면? 그건 계획에 문제가 있는 것이다. 왜 지키지도 않는 계획을 세우게 되었을까? 나는 이 질문에 대한 답을 『열정은 쓰레기다』라는 스콧 애덤스가 지은 책에서 찾았다. 이 책은 2016년도에 절판이 되고 몇 년 전에 재출간이 되었다. 재출간된 책의 제목이 『더 시스템』이다. 제목 두 개를 서로 연결하면 이 저자가 하고 싶은 말이 나온다.

"열정은 쓰레기야. 너희는 시스템을 만들어야 해."

우리는 보통 일이 잘 풀리고 있을 때 그 일에 열정적이기 쉽다. 나 역시 글쓰기를 통해 책도 내고 강연도 하니, 아마 이 글을 읽는 당신보다 글쓰기에서는 열정적일 확률이 높다. 그럼 내가 항상 열정이 많은 사람일까? 당연히 아니다. 나 역시 휴대폰 가게를 하고 아파트 분양사무실에서 아파트를 팔 때 첫 시작은 누구보다 열정적이었지만, 끝을 낼 때 그 열정은 남아있지 않았다. 우리는 어떤 일에 재능이 있어서 그 일이 잘되면 없던 열정도 생기고 몇 년째 계속 잘 안 되는 일에는 있던 열정도 모두 사라진다. 그래서 우리에게 필요한 것은 제목 그대로 시스템이다. 시스템이란 더 나은 인생을 위해 규칙적으로 행하는 무언가라고 스콧 애덤스는 말한다.

"좋았어! (비빔밥을 비벼 먹으며) 나 이번 달 꼭 5킬로그램을 감량할 거야!"

의지력이 불타오르는 기분이 든다. 그 순간만큼은. 그러나 그런 열정이 가득한 목표는 대부분 실패를 낳는다. 그럴 수밖에 없다. 몸무게를 5kg 줄이겠다는 목표는 목표 자체도 지키기 힘들지만, 그보다 늘 목표에 도달하고 노력할 때조차 실패하는 날을 기본으로 안고 간다. 그런 상황이 반복되면 사람은 지치고 힘들기 마련이다.

단순히 작가가 되겠다고 결심하는 것은 열정이 가득한 목표다. 오늘 하루 A4 한 장 분량의 글을 쓰는 건 시스템이다. 열정이나 목표 따위는 쓰레기통에 넣자. 견고한 시스템을 만들자. 매일 작은 성취를 하면서 자기만의 에너지를 지키자.

2) 그 정도는 나도 하지 계획법

장기적인 목표를 이루기에 도움이 되는 게 시스템이다. 나는 여기서 한 발짝 더 나아가서 게으른 시스템을 추천한다. 당신이 평소 계획을 잘 지켜왔던 사람이라면 그냥 시스템을 만들면 된다. 그런 사람은 뭘 해도 다 잘하기 마련이다. 문제는 과거의 나처럼 할 수 있을 것 같았던 일들을 여태 못 이뤘다면? 못 해냈다면? 메타인지가 부족하다고 할 수 있다. 메타인지란 쉽게 설명하자면 내가 모른다는 것을 아는 능력이다. 결국 계획을 못 지키는 사람은 자신이 자신을 모르는 거다. (내가 그랬다) 당신이 그렇게 느껴진다면 '이 정도는 내가 하지' 하는 진입장벽이 낮은 그런 계획을 세워야 한다. 난 계획표를 짤 때면 다 이룰 수 있을 것 같은 망상이 자주 들고는 했지만, 열 번도 지킨 적이 없었다.

아주 진입장벽이 낮은 계획을 짜보자. 예를 들어서 새벽에 일어나서 글을 쓰겠어, 혹은 자정 이후 애들이 다 잠들고 나면 밤새 글을 쓰겠어, 보다는 아이가 만약에 어리다면 아이가 낮잠이 들면 노트북 전원을 누른다, 정도의 계획을 세울 수 있을 거고, 내가 만약에 회사원이라면 6시에 퇴근하고 원래는 바로 집으로 갔는데 커피숍에 들러서 딱 1시간만 글을 쓰고 집으로 간다, 정도의 계획을 세울 수 있을 것이다. 자신에게 가장 쉬운 계획을 한번 만들어보자.

> 수정 전 : 아기가 잠들고 나면 밤을 새워서 글을 쓰겠어, 3시간만 자고 글을 쓰겠어.
>
> 수정 후 : 아기가 낮잠이 들면 노트북 전원을 누를 거야, 회사가 끝나고 1시간 정도 커피숍에 머무르며 글을 쓸 거야.

3) 글쓰기 시간에 집중하는 두 가지 방법

'이 정도는 나도 하지'라는 생각에 걸맞은 계획을 짰다면 그다음은 집중이다. 집중하면 좋다는 뻔한 이야기를 하려고 하는 게 아니다. 당신이 집중할 수 있는 구체적인 방법을 지금부터 말하려고 한다.

노트북을 켜서 글을 막 쓰다 보면, 어느 순간 카톡을 보든지 아니면 인터넷 뉴스나 유튜브 영상을 보고 있는 자신을 깨닫게 될 것이다. 제 정신인가? 자신에게 질문을 던져본다. 시간은 이미 1시간이 지났다.

슬슬 다른 일정이 기다리고 있다. 글은 잘 써지지 않는다. 망했다는 생각에 에라 모르겠다며 딴짓을 계속한다. 그러면 정말 망하는 거다. 그럴 때는 본전을 생각하면 안 된다. 상황을 빨리 인식하고 대처해야 한다. 그 집중하지 않는 당신이라는 캐릭터를 좀 멀리서 바라보면서 해결책을 찾아야 한다. 여기서 아주 쉬운, 내가 사용하는 방법 두 가지를 공유하려고 한다.

집중하지 않은 원인이 내면의 문제였다면? 아까 그 볶음밥에서 머리카락이 나왔었는데 창피해서 말을 못 했네. 말을 해야 했는데. 혹은 803호 아줌마는 꼭 나한테 행동에 센스가 없다며 면박을 주던데 정말 싫다. 앞으로는 연락하지 말까. 이런 생각이 든다면 그냥 아예 그 생각에 10분, 20분 이렇게 시간을 준다. 이 시간 동안에는 그 생각만 한다고 정하고 한 20분 동안 창피함이면 창피함, 수줍음이면 수줍음, 화남이면 화남에 집중한다. 그러고 나면 신기하게도 나머지 30분 정도는 글을 쓸 수 있게 마음이 정리된다.

집중을 방해한 게 인터넷이나 카톡처럼 외부적인 거라면? 노트북 옆에 종이를 찢는다. 펜을 집어 들고 이렇게 적는다.

'너 이번에 글쓰기로 했잖아. 이 시간은 글 쓰는 시간이야. 이거 다 쓰고 카톡을 하자.'

이렇게 쓴 쪽지를 노트북 옆에 올려 둔다.

외부에서 오는 방해(카카오톡, 유튜브) : 종이를 살짝 찢어서 나에게 할 말 메

모하고 책상에 붙여놓거나 올려놓기

내부에서 오는 방해(생각) : 올라오는 감정을 생각할 시간을 주기. 20분 동안
감정에 대해 생각한 뒤 나머지 30분 동안 글쓰기

유치한가? 속는 셈 치고 한번 해보자. 아주 하찮은 행동 같지만, 의식이 전환되는 도구로 사용할 만하다. 그런 식으로 방법을 계속 찾아나가야 한다. 기억할 것은 당신의 목표는 한 줄을 쓰는 거다. 두 번째 목표는 두 줄을 쓰는 것, 세 번째 목표는 세 줄을 쓰는 거다.

늘 최고의 모습으로 최고의 장소에서 글을 쓰겠다는 생각을 잠시 내려놓고 어찌 됐든 차선책을 찾겠다, 차선책이라는 무기로 다음 줄을 이어나가겠다는 마음으로 글쓰기에 집중하다 보면, 글 한 편을 마무리할 수 있을 것이다.

글쓰기 좋은 때란 영영 오지 않는다. 혹은 이미 지나갔다. 그러니 당신도 좋은 때를 찾지 말라. 아니 그런 시간이 올 거라고 믿지 말자.

이미 지나갔다. 키즈카페에서 한 줄, 점심시간에 한 줄, 새벽 시간 한 줄 그냥 쓰자. 쓰다가 쌓이면 언젠가 당신은 좋은 글을, 멋진 글을 쓸 수 있게 될 것이다. 강물이 흐르듯 자연스럽게 말이다. 설거지 후에 한 줄을 쓰고, 화장실에서 한 줄을 쓰고, 방을 닦고 한 줄을 쓰라. 한 줄 한 줄이 쌓이다 보면 언제부터는 한 번에 석 줄을 쓰게 될 것이고, 몰입도 할 수 있다. 언제든, 방해꾼은 외부, 내부 그 어디서든 존재한다. 그냥 써야 한다. 이것저것을 재다가 보면 결국 책 한 권이 될 분량조차 못

채울 수도 있다. 한 줄이 쌓이면 글 한 편이 된다. 명백한 진리이다.

4) 받아들임을 통해 평온한 마음을 유지하기

그다음 시스템에서 중요한 것은 '받아들임'이다. 받아들임이라고 하니 당신은 어떤 게 떠오르는가? 나는 처음 이 용어를 들었을 때 스님의 즉문즉설과 같은 유튜브 영상이 떠올랐다. 김혜자 선생님도 떠올랐다. 당신 역시 받아들임이란 평범한 사람은 할 수 없는 착하고 바르게 사는 태도라고 생각할지도 모르겠다. 하지만 그런 게 아니다. 받아들임이란 세상 모든 것을 다 이해하라는 뜻이 아니고 변화와 성장을 위해 일단은 내가 처한 상황에 대해 받아들임이라는 태도를 선택하라는 의미다. 샤우나 시피로의 『마음챙김』이라는 책에서 보면 우리가 상황을 받아들여야 하는 이유에 대해 이렇게 나와 있다.

우리가 상황을 있는 그대로 받아들이는 이유는, 그 상황이 일어나길 원해서가 아니라 이미 일어나고 있기 때문이다. 우리는 지금 벌어지는 상황을 부정하거나 걱정하거나 한탄하거나 분노하면서 꼼짝 못 하는 게 아니라 수용하면서 명확하게 바라볼 수 있다. 상황을 명확하게 바라볼 때 효과적으로 대응할 수 있다. 즉 우리는 명확하게 바라보고 대응하기 위해 받아들임을 선택해야 한다는 것이다.

나는 둘째가 갓난아기 때부터 커피숍으로 글을 쓰러 갔다. 글을 쓰러 가는 사이에 남편은 자주 아이를 봐주었고 집 청소도 곧잘 했지만,

당연히 그렇지 않은 날도 많았다. 글을 쓰고 집에 돌아오면 집이 엉망진창이고, 첫째는 홀로 티브이를 보고 있고, 둘째는 언제 먹었는지 모를 분유 병을 가지고 놀고 있고, 남편은 플레이스테이션으로 넋이 나간 채 야구 게임을 하는 상황도 발생했다. 괜찮은 날도 있었지만, 때로는 화가 났다. 상대방을 탓하고 싶다는 마음이 들 때도 있었다. 그런데 글쓰기가 습관이 되는 66일 동안에는 웬만하면 아무 말도 하지 않았다. 그렇다고 참는 것도 아니었다. 그저 눈을 크게 뜨고 집을 둘러보았다. 엉망진창인 집과 아이들. 삥 둘러보면서 '내가 지금 뭘 하면 될까'에 집중했다.

글쓰기가 습관이 되는 동안은 감정의 변화가 최대한 적은 게 좋다. 기계처럼 계속 글을 쓸 수 있는 규칙적인 상황을 만들어야 한다. 감정이 소용돌이치면 글쓰기를 지속하기 어렵다.

물론 아주 힘든 상황 속에서도 당신이 의지가 강하다면 꾸준히 글을 쓸 것이다. 하지만 내가 만난 대부분 사람은 오늘은 슬프니까, 오늘은 기쁘니까, 오늘은 우울하니까, 오늘은 처지니까 글쓰기를 포기했다. 나는 감정의 흔들림을 최대한 막기 위해 받아들임을 택했다. 말처럼 쉽게 되는 일은 아니었지만, 그렇게 하려고 노력하자 감정의 큰 동요 없이 다음 날에도 글을 쓰러 갈 수 있었다. 글을 쓴다는 것은 쓰러 가야, 책상에 앉아야, 노트북에 손을 올려야 시작될 수 있다. 그러려면 그렇게 하기까지 마음을 잘 정돈하는 게 필요하다. 받아들임이 최고다. 글 외의 상황들을 받아들임으로써 마음을 최적화시켜야 그다음 단계인 글쓰기를 선택할 수 있다.

5) 글쓰기의 시작과 끝 정하기

출근처럼 글쓰기의 시작 지점을 구체적으로 정하면 좋다. 처음에 내가 정한 아주 간단한 룰은 글을 쓰러 가는 커피숍에서는 글만 쓰고, 노는 커피숍에서는 친구들이랑 수다 떨며 놀기만 하는 거였다. 그게 적응이 된 후에는 글 쓰는 커피숍에서는 늘 같은 자리에 앉기로 했다. 맨 구석 창문이 보이는 자리. 그 자리에서 커피를 한 잔 딱 마시고 고개를 들었을 때 큰 나무가 변함없이 있는 것을 보면서 글쓰기를 시작했다. 나중에는 나무를 보기만 해도 이제 정말 글을 써야겠다는 생각이 들었다.

나 말고도 많은 작가가 글쓰기를 할 때 시작점이 있다. 매일 하는 글쓰기를 업무처럼 진행하기 위해서는 시작을 정하는 게 도움이 된다. 아주 사소한 거라도 좋다. 글쓰기 모임에서 만난 어떤 작가는 안경을 닦는다고 했고, 다른 작가는 큰 컵에 물 한 컵 채우기, 혹은 책상 위 치우기라고 했다. 당신만의 시작을 만들어보자. 그것만으로도 뇌가 다음 단계인 글쓰기로 자연스럽게 나아갈 것이다.

그다음, 시작을 정했다면 끝도 만들어보자. 끝이라는 느낌을 위해 온라인에 글을 올리자. 당신은 글을 어떻게 모으는가? 파일의 형태로 노트북에 모을 수도 있고, 노트에 직접 글을 쓸 수도 있을 것이다. 어떻게 글을 모으든 상관없지만, 글쓰기 습관을 위해서는 글을 온라인에 올리는 걸 추천한다.

글 쓰는 일은 사실 쓰면 쓸수록 내면으로 깊이 들어가는 일이다. 깊이 들어가면 어떻게 될까. 조용해진다. 아주 조용한 바다를 헤엄쳐서 다니는 일이다. 이 때문에 쓰면 쓸수록 계속 기분이 처진다. 무라카미 하루키 역시 이야기를 하기 위해 내면에 깊이 들어갔다가 예상치 못한 것을 꺼내오기도 한다고 했다. 내가 꺼내고 싶지 않았던 기억도 내면 깊이 들어가면 발견하기도 한다는 거다. 공감한다. 그런 날은 점점 더 우울해진다. 우울하니 처지고 처지면 다음 날 그다음 날 다음다음 날에 계속 글을 쓰러 가는 일에 동력이 떨어지게 된다. 그럴 때 업로드를 회사 퇴근처럼 마지막 업무로 정하자. 업로드를 딱 하고 나면 마치 퇴근길처럼 잠시 기분이 좋아질 수 있다.

글쓰기는 영감이 찾아오면 쓰는 게 아니다. 회사원이 매일 출근하는 것처럼 매일 글의 세계로 들어가서 성실히 쓰다 보면 어느 순간 영감을 발견하게 되는 것이다. 문밖을 나서야 편의점도 보이고 세탁소도 보인다. 마찬가지다. 집에 가만히 있는데 세탁소가 나에게 걸어오지 않는 것처럼 우리가 끊임없이 써야 영감이든 소재든 아이디어든 만날 수 있게 된다. 당신이 정한 글쓰기의 시작과 끝이 꾸준히 글 쓰는 것을 도와줄 것이다.

여섯 가지
글쓰기 시스템 심화 편

앞서 이야기한 다섯 가지로도 충분히 당신은 당신만의 시스템을 만들 수 있을 것이다. 나 역시 처음에 이 다섯 가지로 내 시스템을 만들어갔다. 그러다가 글쓰기를 한 지 3년이 지나고 세밀한 시스템 여섯 가지를 더하게 되었는데 이것을 추가로 알려드리려고 한다. 책을 출간할 예정인 사람은 이 방법까지 꼭 알아두자. 투고할 원고를 만들 때, 그리고 편집자와 원고에 대해 이야기할 때 모두 유용할 것이다. 글을 꾸준히 쓰기 위해 당신은 자신의 능력치를 좀 분석할 필요가 있다. 이런 과정 없이 무작정 난 열심히 할 거야, 나는 정말 열정적으로 글을 쓸 거야, 라고 해 봤자 그 다짐하는 데 에너지를 다 뺏긴다. 분석치가 생기면 글쓰기를 꾸준히 하는 데 도움이 된다. 방법은 다음과 같다.

첫 번째. 내 하루의 에너지 흐름을 한번 체크해본다.

우리 모두 인생이라는 게임에서 각자 다른 무기를 가지고 있는 한 명의 캐릭터이다. 게임을 잘하기 위해 캐릭터의 특성을 파악하는 게 필수인 것처럼 글쓰기에서도 나라는 캐릭터가 언제 에너지가 극대화되고 최소화되는지 분석하는 게 필요하다.

이 내용은 크리스 베일리가 쓴 책『그들이 어떻게 해내는지 나는 안다』를 참고했다. 책에는 아주 꼼꼼하게 컨디션을 체크하는 대목이 나오는데, 그렇게까지는 하지 않더라도 중요하게 생각해야 할 두 가지는 커피나 술을 마시지 않은 상태로 체크를 해야 한다는 것, 시간별로 에너지 흐름이 내가 언제가 좋은지 언제가 좋지 않은지 점검하는 것이다. 체크하다 보면 자신이 늘 비슷한 시간에 힘이 나고 빠지는 것을 알 수 있고 자신만의 황금 시간대도 알게 된다.

두 번째. 내가 지금 처한 상황을 스스로 인식하는 것이 필요하다.

우리가 현재 처한 상황이 각자 다 다를 텐데 스스로가 그것을 인지해야 한다. 강연자나 대통령이 내 앞에서 아무리 멋진 강연을 할지라도 그들은 내가 지금 처한 상황에 대해 100% 알지 못한다. 자신을 제일 잘 아는 사람은 당연히 자기 자신이다. 내가 해냈으니 당신도 할 수 있어요! 라는 누군가의 말은 지워버려라. 그들이 어떻게 아는가. 당신이 할 수 있을지 없을지.

예를 들어 당신이 맞벌이라서 낮에는 글을 쓸 수 없는 상황이다. 게다가 배우자가 내가 글 쓰는 걸 싫어한다. 그럼 그런 거다. 그렇다면 어떤 식으로 글쓰기를 이어갈 수 있을까에 대한 생각을 하며 자신에게 맞는 전략을 짜야 한다. 당신을 제일 잘 아는 사람은 당신 자신이다.

세 번째, 한 편의 글을 쓴다고 했을 때 걸리는 시간을 한번 체크해 보자.

이제 스스로에 대해서 파악이 됐다. 캐릭터도 알게 되었고, 자신이 처한 상황들에 대해서도 정리하게 되었다. 그러면 이번에는 글로 들어가자. 짧은 에세이를 쓸 때 타이머로 체크를 하면 늘 비슷비슷한 시간이 걸리는데, 그 시간을 파악해두면 좋다. 다음 시스템을 짤 때 반영할 수도 있고, 작업의 사이즈를 안다는 것만으로도 좀 더 글쓰기라는 일이 하기 쉬워진다.

네 번째, 당신이 한 번에 쓸 수 있는 분량을 체크한다.

한 편의 에세이를 자유 분량으로 쓴다고 했을 때 대부분은 쓸 때마다 거의 일정한 양을 쓰게 된다. 쓰는 패턴이 있기에 당신이 줄이고 싶다고 줄이고 늘리고 싶다고 쉽게 늘려지지는 않는다. (A4로 매번 1장 반의 이야기를 쓰는 사람이 A4 10장의 이야기를 쓰는 건 생각보다 더 어렵다) 그래서 한 번에 쓸 수 있는 분량을 일단 체크해 보는 거다. A4 기준으로 해도 되고, 글자 수 기준으로 해도 된다. 스스로 알게끔만 하자. 이 패턴을 알면 오히려 다양한 분량을 시도하며 당신의 글쓰기를 더 발전시킬 수 있다.

다섯 번째, 하루 동안 쓸 수 있는 글 총량을 체크해 보자.

당신이 하루 종일 글을 쓴다고 했을 때, 마음먹고 글을 쓰면 어느 정도까지 쓸 수 있는가. 물론 매일매일 좀 다를 수는 있겠지만, 나는 A4 기준 1장 반 정도 되는 길이로 하루 세 편 정도가 최대였고, 그 이후는 집중이 되지 않았다. 이걸 알게 되면 각종 공모전이나 출판사에 원고 투고 일정을 짤 때 유용하다.

여섯 번째, 마지막으로 이 모든 것들을 시스템에 반영하자.

만들어 놓은 시스템이 그대로 끝까지 가는 게 아니다. 당신을 중심으로 다시 한번 수정해보아라.

혹시 아무리 계획을 짜도 글 쓰는 시간을 뺄 수 없다면, 스스로 욕심을 점검해보아야 한다. 양손에 물건을 가득 쥐고 있으면 다른 물건은 잡을 수 없다. 글을 쓰기로 했다면 당연히 다른 것은 포기해야 한다. 뭐든지 다 하려고 하면서 바쁘다고 징징거리면, 주변의 시선은 둘째치고 스스로가 큰 손해다. 이미 손에 잡은 것도 떨어뜨릴 수 있다. 밤늦게 퇴근하는 직장인이 밤마다 맥주를 마신다면 글을 쓸 수 없다. 주부가 육아 퇴근 후 매일 드라마를 보고 낮마다 브런치를 즐긴다면 글을 쓸 수 없다. 주말마다 가족과 함께하는 시간으로 100%를 채운다면 글을 쓸 수 없다.

한번 당신이라는 캐릭터를 분석해보자. 분명히 투자한 시간보다 더 도움이 될 것이다. 다만 내가 아닌, 당신 스스로 해야 할 일이다.

간절히 원하면
이루어지지 않는 마법

　이십 대 후반, 분양사무실에서 일하며 아파트를 팔 때였다. 그때 하루에 광고 전화를 200통 정도를 돌렸다. 그날도 이어지는 광고 전화를 돌리던 차였다.

　"내가 휴게소를 하나 인수하려고 하는데 말이야. 14억이래. 정말 싸게 나왔지? 그걸 하고 나면 아가씨가 파는 도시형 생활주택은 못 할 거 같은데. 그냥 아가씨가 파는 건 1억이니까 10개나 20개 정도 살까?"

당신이 나처럼 판매자 입장이라면 어떤 생각이 들었을까? 머릿속으로 빠르게 10개를 팔았을 때의 수수료를 생각하게 되지 않겠는가. 나 역시 그랬다. 그렇게 수학을 못 했는데도 불구하고 몇천만 원이 바로 계산되었다. 그때부터 나는 그 할아버지를 모델하우스로 부르기 위해 노력했다. 몇 번의 전화 끝에 할아버지와 약속을 잡았다. 토요일 오후에 시간이 괜찮다고 했다.

드디어 오기로 한 날 오후 2시. 나는 모델하우스 근처 도로변까지 나가 기다렸다. 콧노래가 저절로 나왔다. 1년 치 방세가 한 번에 해결될 수도 있겠다고 생각할 때쯤 폐차 직전의 회색빛 차가 보였다. 차 안을 보니 행색이 남루한 할아버지가 있었다. 돈이 많은데도 참 검소하시다고 생각하며 할아버지와 함께 모델하우스로 들어갔다. 할아버지에게 팀장은 판매하는 도시형 생활주택에 대해 1시간 넘게 설명했다. 계약서에 사인을 안 할 이유가 없었다. 안 할 이유라고 하면 할아버지가 하고 싶지 않은 것 말고는 없었다. 왜냐하면 할아버지는 모델하우스에 와서도 계속 돈 자랑을 하셨고, 여기 수익성이 괜찮을 것 같아 마음에 든다고 하셨다. 심지어 몇 개를 할지 팀장과 정하고 있었다. 그런데도 계속 계약서에 사인하지 않았다. 상담 시간이 1시간 반쯤 지나가자 팀장도, 왜 계약을 안 하냐고, 지금 망설일 이유가 없지 않냐고 격양된 목소리로 되물었다. 할아버지는 계속 주절주절 의미 없는 말을 반복했다. 일단 집에 가야 한다느니. 부인에게도 물어봐야 한다느니. 결국 그 할아버지는 임시계약서에다가 '계약할 것'이라는 글만 남기고 사라졌다.

"저 할아버지 절대로 계약 안 해. 그냥 돈 자랑하고 싶어서 너한테 자랑하다가 일이 커지니 한 번 와본 거네. 왜 저러는지 몰라. 어휴 진짜."

팀장은 내게 말했다. 그렇지만 나는 그때 임시계약서조차 믿고 싶었다. 그 종이에는 호수를 두 개나 골라놨으니까. 할아버지가 당장 도장만 찍으면 내가 경기도에 6개월은 더 있을 수 있었다. 할아버지는 그 뒤 연락이 오지 않았다. 그게 끝이었다.

여기까지 보고 당신은 아마 혀를 차며 내가 바보라서 사기꾼을 못 알아봤다고 할 수 있겠다. 맞는 말이다. 다만 나뿐만이 아니라 절실한 상황에서 대부분 우리는 바보가 된다.

이미 할아버지가 계약하지 않을 것을 여러 부분에서 확인한 뒤에도 나는 믿음의 끈을 놓지 못하고 연락을 기다렸다. 그 계약을 못 하면 나는 당장 울산으로 내려가야 했으니까. 그리고 당연하게도 울산으로 다시 내려왔다. 단 하나의 계약도 성사하지 못한 채.

매슬로우의 '인간 욕구 5단계 이론'에서 보면 생리적 욕구가 다섯 번째로 욕구 중 아래쪽에 있고, 자아실현의 욕구가 두 번째로 위쪽에 있다. 한 달 한 달 카드값 같은 먹고사는 문제로 머리를 가득 채우고 있다면, 자아실현까지 생각하기가 쉽지 않다. 위험하다고 여겨지는 상황을 우리는 본능적으로 피하게 된다. 가난한 스물아홉의 나는 그 사건

이후 깨달았다.

간절히 원하면 이루어지지 않는다. 간절히 원하는 것은 마음이 평온한 상태가 아니다. 그 이전에 필요한 기본적인 욕구가 해결되고, 마음이 평온한 상태가 먼저 되어야 한다. 글쓰기를 지속할 수 있는 마음이 평온한 상태는 사람마다 다 다르겠지만, 나는 이 정도를 생각한다.

'하루에 2시간씩 글을 써도 1년 정도는 괜찮은 경제적, 심리적 상태.'

내가 확실히 아는 건 이것이다. '절실함'은 때때로 사람을 바보로 만든다. 멀리 보지 못하게 만든다. 모든 일에는 감정이나 기분을 배제하고 묵묵히 그 일을 하는 시간이 필요하다. 당신이 의연하게 그럴 수 있으려면 자본과 배짱이 필요하다. 당신 안에 있는 글쓰기 버튼을 누르면 바로 실행할 수 있게 정신적인 여유가 세팅되어야 한다.

평생 글을 쓰면서 살고 싶은 로망이 있는가? 그렇다면 먹고사는 일에 대해 점검해보고, 자유롭지 않으면 자유로울 수 있는 기간을 정해보자. 그리고 그 기간 동안 기본적인 욕구를 먼저 해결하자. 간절히 원하면 이루어지지 않는다. 간절하지 않은 상태를 세팅하자. 그게 열심히 이전에 당신이 해야 할 일이다.

Chapter 05

글 쓰는 체질 만들기

Step 1.
주의 깊게 살펴보기

    글을 잘 쓰기 위해서는 기술을 배우는 것도 중요하지만 천천히 글쓰기를 몸에 적응시키는 게 먼저다. 한마디로 글 쓰는 체질이 되어야 하는데 그렇게 되려면 첫 번째로 산책해야 한다. 왜 산책이 글쓰기 체질을 만드는 데 도움이 되고 첫 번째로 나올 만큼 중요할까? 이것을 설명하기 이전에 당신이 알아두면 좋을 개념이 있다.

    『정리하는 뇌』라는 책에는 이런 내용이 나온다. 사람의 뇌는 두 가지 모드로 작동한다. 첫 번째 모드는 어떤 일에 아주 집중했을 때, 우리가 티브이를 보거나 아니면 스마트폰을 보거나, 혹은 공부할 때. 그때 우리의 뇌는 중앙 집행 모드가 된다. 중앙 집행 모드일 때는 계속해서 다음 계획을 짜는 특징이 있다. 꼭 엄청난 계획이 아니더라도 티브이를 보면서 '아, 이 프로그램 다 보고 씻고 자야지' 이런 식으로 이 일을 끝내면 그다음에는 뭘 해야지 하는 계획을 미리 세운다. 그래서 일단 업무가 나에게 아주 많아서 계속해서 다음다음 계획을 짜게 될 때는 중앙 집행 모드일 확률이 높다. 그럴 때는 대체로 특별한 영감이 떠오르지 않는다. 반대로 우리가 샤워하거나 산책할 때는 방랑자 모드가 작동한다. 백일몽 모드, 혹은 몽상 모드라고도 하는 이때에는 뇌의 생각들이 자유롭게 떠돌아다니는 때인데, 생각들이 정처 없이 떠돌다가 창의적인 생각이 쏙쏙 들어오게 될 확률이 높아진다. 그래서인지 샤워를 하다가 어떤 생각이 문득 떠오른 적이 많지 않은가? (그때 떠오른 생각을 잊지 말고 꼭 메모해야 한다)

글을 쓰기 전에는 뇌가 자유롭게 상상하고 놀 수 있는 백일몽 상태, 즉 방랑자 모드가 되면 유리하다. 샤워나 산책 다 좋지만, 하루에 몇 시간이고 샤워할 수는 없으니 산책을 추천한다. 산책하면 생각이 떠도는 백일몽 모드를 온전히 누릴 수 있고, 눈에 실제로 보이는 것이 영감이 되기도 하니 일거양득이다. 여기서 말하는 산책은 그냥 걷는 것이 아니라 보는 거다. 더 정확히는 '주의 깊게 보는 것.'

혹시 오늘 아침에 집을 나와서 마주친 자동차 중에 다섯 번째로 마주친 차의 차종을 기억하는가? 지하철을 탔다면 반대편에 앉은 사람의 상의 상표를 기억하는가? 액세서리를 하고 있었다면 귀걸이가 어떤 종류였는지 기억하는가? 대부분은 기억하지 못할 것이다. 이것이 우리의 삶과 직접적으로 관련이 없으므로 뇌에서 무의식 필터로 이것을 거른다고 한다. 뇌의 '주의 시스템'이 작동되어서 우리는 기억하지 못한다. 그런데 산책하면서 '아, 나는 글 쓰는 소재를 찾아야지'라는 생각으로 유심히 보면 많은 것이 새롭게 보이게 된다.

책상에 앉아서 뭔가 생각하려고 하면 내 마음만 계속 뒤지게 된다. 한마디로 비슷한 루트로 비슷한 생각만 반복하게 된다. 생각이 동그란 원을 그리기만 하다가 비슷한 결론을 얻고 더 이상 할 얘기가 없어진다.

> 책상에 앉아서 비슷한 생각만 반복할 때
>
> ① 아, 부장님께 또 혼이 났네. 기분이 안 좋아. 짜증 나.
> ② 아무리 생각해봐도 화가 나고 속상하네.
> ③ 근데 정말 우울하다. 기분이 안 좋네.
> ④ 무한 반복….

새로운 관점을 얻으려면 밖으로 나가야 한다. 나가서 주의 깊게 보아야 한다. 건널목의 불빛을 가만히 쳐다보아도 좋고, 숲속 길이라면 나무나 풀을 집중해서 보아도 좋다. 그런 것도 아니라면 슈퍼에 가서 과자 봉지를 오랫동안 보아도 좋다. 주인의 눈초리를 견딜 수 있다면 말이다. 아니, 주인이 화를 낸다면 그 주인 역시 오랫동안 보아야, 글쓰기에 도움이 된다.

외부로 시선을 돌리는 일은 단순히 눈으로 본 것을 그대로 적는다기보다 더 나아가서 내 생각으로 가득찬 내면 안에 있는 나를 비우고 비운 내면을 외부의 것으로 채우는 행위다. 이것을 통해서 우리는 글과 세상을 바라보는 시선이 더 넓어질 수 있다.

산책하다 보면 많은 것들을 마주치고 그것들에 대해 생각하고 느끼게 된다. 그 느낌을 누리면 된다. 예를 들어 바람, 하늘, 바다, 캄캄한 입구. 노란 전등. 지나가던 사람의 웃음소리. 누군가의 옷의 구겨짐의 정도….

작가 체질 만들기의 첫 번째 단계는 '계속 보는 것'이다. 보다 보면 분명히 느끼고, 발견하고 성찰하게 된다. 지금 바로 운동화를 신자. 밖으로 나가면 한가득 쓸 거리를 들고 오게 될 것이다.

Step 2.
주의 깊게 듣기

"아, 그런데 그것 말고도 이런 적도 있었는데 내가 에어컨을 사러 하이마트에 갔는데 거기 직원이….."

세 시간째 직원에게 속상했던 이야기를 하는 친구가 있다. 당신은 언제까지 집중해서 들어줄 수 있는가? 주의 깊게 듣기는 어려운 일이다. 귀가 열렸다고 모두의 이야기를 잘 듣지는 못한다.

잘 듣는 건 어렵지만, 반대로 잘 듣기만 하면 뭘 써야 할지 감을 잡을 수 있다. 잘 듣는 방법 중 내가 효과를 본 두 가지는 커피숍에 가는 것과 누군가의 전화 통화를 듣는 것이다.

왜 커피숍에서 듣냐고 묻는다면, 커피숍에는 정말 다양한 사람이 오기 때문이다. 다양한 사람이 와야 어떤 대화를 들을지를 정할 수 있다. 듣기를 활용하려면 평소 내가 자주 만나지 못하는 사람의 대화를 듣는 게 좋다. 예를 들어, 나는 6세, 7세 아이를 키우는 주부이자 작가이다. 그러다 보니 주부나 작가는 많이 만나지만, 상대적으로 중학생들은 만날 일이 많이 없다. 그래서 교복을 입고 책가방을 메고 커피숍에 오는 아이들의 대화를 자주 듣는다. 혹은 등산복이나 정장을 입은 남자들이나.

"이번 사업에 대해 살펴보았는데요"라고 시작하는 대화나 "4번 영어 몇 번 했어?" 혹은 "학원에서 말이야"라는 대화도 내게는 흥미롭다.

이렇게 커피숍에는 다양한 사람이 자신들의 이야기를 하러 온다. 어차피 글을 쓰러 커피숍을 간다면, 내 생각에만 빠져있지 말고 주위를 둘러보자. 눈에 보이는 사람 중 나와 제일 다르게 보이는 차림새를 한 사람을 골라서 대화를 주의 깊게 듣고, 연상되는 것들을 메모해보자.

또, 남이 큰소리로 하는 전화 통화가 있다면 유심히 들어보자. 전화 통화의 재밌는 부분은 전화하는 다른 상대의 말은 전혀 들을 수 없다는 것이다. 오로지 유추만 할 수 있다. 통화 중인 한 사람의 말만 계속해서 듣는 일은 어딘지 좀 기묘하고 이상한 느낌이 든다. 꽤 많이 상상력을 자극하기도 한다.

예를 들어 "어, 집에 도착했어?"라고 누군가 통화를 시작하면 이런

저런 생각을 해본다.

'아이들에게 하는 전화인가? 남편에게 하는 전화인가? 혹시 집에 아이들만 놔두고 나온 건가?'

다음 문장은 이런 식으로 이어진다.

"눈높이 다했어? ○○이는 잘 있고?" (강아지인 듯하다)

그런데 그 전화가 그렇게 흘러가지 않고 새로운 이야기가 시작되기도 한다. 혹시 아는가? 전화의 상대방은 이런 말을 하고 있을지도 모른다.

"지금 바로 짐을 싸서 나와. 누군가가 우리를 미행하고 있어!"

아 물론, 그런 전화를 커피숍에서 크게 할 리가 없지만 말이다. 덧붙여 다른 사람이 아주 작은 목소리로 하는 전화는 예의상 듣지 말자. 그러나 아이디어는 대부분 큰소리로 하는 일상의 전화에서 나온다. 한번 해보면 내 말이 무슨 말인지 알 것이다.

주의 깊게 들어야 하는 또 다른 중요한 이유는 말에는 사람의 고유한 특성이 많이 묻어나기 때문이다. 그 사람의 직업이나 평소 생활 습관, 언어습관 모든 게 드러난다. 억양으로 태어난 지역까지도 유추해볼 수 있다. 사람을 판단하려는 게 아니다. 세상은 넓고 다양한 사람들이 있다는 걸 느끼기 위함이다. 우리가 쓰는 것은 글이지, 살아있는 무언가가 아니다. 그렇기에 글을 살아있게 만들려면 구체적인 무언가가 들어가야 하는데, 그게 '말'이다.

글 쓰는 체질 만들기에서 두 번째로 중요한 것은 듣는 것이다.

다른 대단한 스킬을 장착하게 되더라도 (에세이를 쓰는 데 그런 것은 없기도 하지만 설사 있다고 하더라도) 보기와 듣기 없이는 좋은 글을 만들기 어렵다. 어딘가에서 들리는 말을 주의 깊게 듣자. 뉘앙스, 감각, 상상력 그 모든 걸 키울 수 있는 것이 곳곳에 널려있음을 느끼게 될 것이다!

Step 3.
생각나는 대로 낙서하기

당신은 종이에 의미 없이 무언가를 쓰거나 그리는 행위, 낙서를 좋아하는가?

나는 낙서하길 좋아하는데, 특히 전화하며 낙서하는 걸 좋아한다. 대개 회사업무나 중요한 일의 경우 낙서가 아닌 메모를 한다. 그 말을 누군가에게 전달하거나 내가 기억해야 하니까. 내가 말하는 낙서는 말 그대로 메모가 아닌 낙서이다.

경찰학원에서 같이 공부했던 동생들과 통화를 하게 될 때면 낙서를 한 통화당 기본 세 장씩을 하는데, 엉망진창으로 쓴다. 쓰다 보면 상대방 말의 핵심 단어를 적고 내가 들으며 하는 생각도 함께 적게 된다. 예를 들어 놀이동산에 다녀왔다는 동생의 말을 듣고 그 놀이동산이 어땠는지에 관한 이야기를 계속한다고 했을 때 아마도 나는 이상한 그림을 그리고, 동생의 이름, 놀이동산, 회전목마, 바이킹 같은 것을 적고 그 옆에는 내 생각을 적을 것이다.

애들이랑 겨울 춥다 롯데월드 그러면 언제?? 파카를 입힐까.

그래서 통화한 낙서를 자료로 믿으면 당연히 안 된다. 통화한 사람이 했던 말이 아닌, 그 통화를 하며 들었던 생각이 더 많이 적혀있다. 신빙성이 없고 체계도 없다. 다만 아이디어를 짜거나 소재를 찾을 때 효과가 있다.

아까 저 낙서의 경우도 동생이 놀이동산이라는 주제를 꺼내지 않았으면 나 역시 파카를 사야 한다는 생각, 롯데월드에 가야겠다는 생각을 하지 않았을 것이다. 동생과의 수다 덕분에 나는 내 기억을 떠올릴 수 있게 되었다. 이 낙서장을 한번 쓱 훑어보는 것만으로도 아이디어 노트를 채우는 데 큰 효과가 있다. 뭔가 대단한 것을 낙서에 쓰지 않는다. 대단하지 않기에 대단해질 수 있는 생활과 맞닿은 소재가 낙서에는 많이 숨어있다. 그냥 낙서해도 되지만, 통화할 때 낙서해보자. 그러면 혼자 낙서할 때보다 더 재밌는 아이디어가 많이 생각날 것이다.

나는 아주 오랜 기간 낙서를 해왔다. 독서 모임에서도, 친구를 기다리면서도, 아이들 엄마 모임에서도 줄곧 낙서했다. 줄과 칸이 정해지지 않은 종이에다가 아무렇게나 끄적이다 보면 그 모임이 끝나기도 전에 낙서 중 소재를 발견해서 글 한 편을 완성하기도 했다. 예전에는 낙서가 참 많았는데, 요즘엔 아이들도 태블릿으로 필기하니 낙서를 찾기 힘들다. 아이들은 낙서하면서 상상력을 키운다. 글쓰기의 첫 시작이 무엇인가? 왜 누구는 글을 잘 쓰고 누구는 글을 잘 못 쓰는가?

이 질문에 대해 여러 가지 답이 존재한다. 내가 생각하는 글쓰기의 첫 시작은 '생각하기'이다. 그 생각을 도와주는 첫 번째 방법이 낙서이다. 낙서가 발전하면 끄적거림이 되고, 끄적거림이 자라면 메모가 되고, 메모가 자라면 일기가 된다. 일기를 남이 보는 글이라고 생각하며 정리하면 에세이가 된다.

낙서에는 놀라운 힘이 있다. 심각하게 말하자면 반구대암각화만큼이나! 통화를 하며 핵심 키워드를 적으며 동그라미를 하는 행동은 전혀 의미 없지 않다. 통화를 끊고 낙서를 찬찬히 읽어보라. 거기에는 진짜 살아있는 단어, 주제가 있다. 글이 아닌 말이 그 안에 숨 쉬고 있다.

누구나 낙서 정도는 할 수 있지 않은가? 필요 없는 짓이라는 생각에 하지 않을 뿐 할 줄 모르는 사람은 없을 것이다.

낙서는 자유롭다. 대부분 단어나 그림 위주로 아무렇게나 휘갈긴다. 집중할 것은 통화나 대화이지 낙서가 아니니까. 아이들은 아무도 시키지 않아도 낙서한다. 재밌기 때문이다. 낙서하면서 느끼게 될 재미와 자유로움이 글쓰기에 대한 막연한 두려움과 부담을 덜어줄 것이다. 낙서부터 해보자.

Step 4.
글짓기의 벽돌, 메모 활용하기

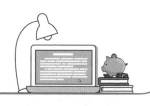

낙서에 익숙해졌다면 이번에는 메모해볼 차례다. 낙서가 글쓰기에 대한 두려움을 없애주고 재미를 추구한다면 메모는 직접적인 도움을 준다. 메모를 하게 되면 갑자기 떠오른 생각을 잊어버리지 않고 담아 둘 수 있다. 메모하지 않으면 '아, 적어야지' 하는 순간 잊어버린다. 어느 때는 3초도 안 되어 잊기도 한다. 그래서 메모에서 가장 중요한 부분은 '어떻게'가 아니다. '어디에', '언제' 메모를 할 수 있느냐이다. 빠르게 꺼낼 수 있는 도구를 여러 개 준비해둔다. 예를 들어, 나는 평소에 책가방을 들고 다니는데 책가방 가장 앞주머니에 수첩과 볼펜이 있고, 주머니에는 휴대폰이 있는데 켜자마자 바탕화면에 메모 앱이 뜨도록 해놓았다. 이렇게 이중으로 해놓으면 놓치지 않고 메모할 수 있다. 사실 빠르게 메모하는 데에는 휴대폰에 있는 메모장 기능만 한 것이 없다. 비슷한 기능으로는 카카오톡의 나와의 채팅이 있다. 카카오톡 앱을 켜서 제일 상단에 자신의 프로필 사진을 누르면 나와의 채팅이 나온다. 메모장보다 카카오톡이 더 편한 사람은 그 기능을 이용하면 된다. 볼펜도 필요 없고, 한 손으로 조작도 가능하다. 그다음이 '어떻게'가 되어야 한다. '어떻게'에서 가장 기본은 알아볼 수 있게끔 적는 거다. 즉, 어떤 영감이나 아이디어라면 시간이 지난 뒤 메모를 봤을 때 떠올릴 수 있게끔 적는 게 중요하다. 사과를 보고 헤어진 그녀가 생각났다면, '사과 = 김유주' 이렇게만 적으면 안 된다. 예를 들어 이런 식이다.

(예시)

빨간색도 아니고 초록색도 아닌 약간 정열적이지 않은 사과를 발견 멈칫. 헤어진 그녀 K 생각.

이 메모에서는 사과와 헤어진 그녀는 당연히 메모가 되어야 하고, 또 하나 메모가 되어야 하는 게 있다. '색이 섞여서(이 생각으로) → 정열적이지 않은 그녀가 생각남'이 부분이다.

이런 부분이 들어가야 다음에 메모를 봤을 때 어느 정도 기억할 수 있다. 영감을 떠올리게 하는 정확한 선은 없다. 계속 메모하다 보면 자기만의 선을 알게 될 것이다.

마지막으로 즐거운 메모 생활을 위해 당신의 마음에 드는 펜과 노트를 갖추도록 한다. 유치해 보이지만, 실제로 나는 내가 좋아하는 가죽으로 된 미니 메모장과 윈키아에서 나온 B5 크기의 다이어리를 구매한 이후 눈에 띄게 메모하는 양이 늘었다. 그리고 줄이나 눈금이 있는 노트에 잉크 펜과 플러스펜으로 쓸 때 메모를 더 많이 하게 됨을 발견했다.

당신도 문구점 나들이를 가서 찾아보자. 메모는 하면 할수록 건질 게 많아지므로 되도록 더 많이 하고 싶게 펜이나 노트가 마음에 드는 것으로 준비되면 좋다. 그러면 더 아이디어가 생기고 창의적으로 생각하게 된다. 뭐든 할수록 는다. 메모도 마찬가지다. 이렇게 적힌 메모는 온라인, 오프라인으로 관리할 수 있는데, 온라인 메모면 검색으로 시간이 지나도 찾을 수 있다는 이점이 있고, 오프라인 메모는 언제든 들춰서 열어볼 수 있다는 장점이 있다. 어떤 식의 메모를 해도 된다. 나는 종이에 직접 쓰는 메모를 좋아하지만, 현실적으로는 휴대폰 메모를 가장 많이 사용한다. 순간을 놓치지 않으려면 어쩔 수 없는 경우가 많다.

메모는 메모할 걸 선택하며 이미 사고를 체계화시킨다는 장점이 있다. 스스로 어떤 내용을 압축 정리하는 실력이 늘게 된다. 그래서 영감도 챙기고 동시에 머릿속으로 중요한 것, 덜 중요한 것을 정리·정돈

할 수 있게 된다. 시간이 없어서 긴 글을 쓰지 못하는 시기에는 반드시 메모라도 하자. 메모는 글이라는 집을 지을 때 튼튼한 벽돌이 된다. 벽돌이 있으면 언제든 집을 지을 수 있다. 반대로 벽돌이 없다면 집을 짓기도 전에 벽돌 구하느라 시간을 다 보낼 것이다. 그러니 언제든 어떤 내용이든 메모하는 습관을 들이자. 당신의 메모장은 당신이 글을 쓰려고 마음먹었을 때, 헤매지 않고 얻을 수 있는 튼튼한 벽돌이 되어줄 것이다.

Step 5.
아무 글 대잔치로 시작하기

　글쓰기 수업을 가면 보통 본격적인 수업을 하기 전 3분에서 10분 사이 생각을 마구 휘갈겨 쓰는 시간을 가진다. 프리 라이팅(free writing), 혹은 휘갈겨 쓰기라고도 표현한다. 나는 이걸 아무 글 대잔치라고 말한다.

　아무 글이라도 쓰는 게 글쓰기에서는 정말 중요하다. 그 이유는 뭐니 뭐니 해도 글을 쓰겠다고 해놓고 한 자도 쓰지 않는 사람이 세상에는 너무 많기 때문이다. 그런 의미에서 아무 글 대잔치는 글의 물꼬를

틀어주는 작업이라고도 할 수 있다.

무언가를 끄집어내기 위해서는 일단 생각이 글로 나와야 한다. 눈에 보이는 글자로 표출이 되어야 한다. 그 과정을 하지 않고 계속해서 생각만 하고 있으면, 그것은 생각이지 글이 아니다. 글은 단순하다. 우리가 정해놓은 글자들을 조합시켜 글을 만든다. 글자가 없다면 문장도 없고 문단도 없고 한편의 완성된 글도 없다. 그렇기에 그 시작은 노트북에 손을 올리는 것. 한 글자씩 써내려 나가는 것이다. 달리기를 하는 사람은 뛰어야 하고, 글을 쓰는 사람은 써야 한다.

아무 글 대잔치로 글을 쓸 때는 웬만하면 생각하지 않고 머릿속에서 당장 떠오르는 것들을 마구마구 쏟아낸다. 내가 지금 하는 생각과 그다음 생각이라고 여겨지는 생각이 서로 유기적으로 연결이 되지 않더라도 일단 쓴다. 나는 이걸 50미터 달리기를 하는 거라고 학우들에게 말한다.

"준비 시작하면 막 달리는 거예요. 생각이 자유롭게 달리게 놔두는 거예요. 어떤 틀도 만들지 말고요. 그리고 천천히 말고요. 아주 빠르게 달리세요."

(예시)

사람은 누구나 정직해야 한다. 나 역시 정직함이 중요하다고 생각한다. 초등학교 때 엿을 훔쳐서 먹다가 이를 때운 게 떨어진 적이 있다. 엿은 맛있고 또 달다. 색은 주로 두 가지인데 나는 그 갈색보다는 베이지색의 엿을 좋아한다.

울릉도 엿이라고 해서 시중에 파는 엿이 있는데 그 엿은 말랑하고 맛있다. 아
주 오랫동안 엿을 가지고 왔던 리어카를 떠올렸다. 그 리어카 아저씬 내가 엿
을 훔쳐 먹은 걸 몰랐지만 나는 이를 때우며 결심했다. (중략.)

아무 글 대잔치를 통해 내가 가지고 있었던 글쓰기는 이래야 해, 저
래야 해, 라는 고정관념과 무의식적으로 같은 패턴으로만 글을 쓰는
것을 인식할 수 있게 된다. 인식하게 된다는 것은 바뀔 수 있다는 좋은
신호이다. 그런 과정을 통해서 당신이 가지고 있던 생각의 틀을 부술
수 있다. 어떤 날은 평소에 전혀 생각하지 않았던 것들이 버젓이 내 종
이 위에 적혀 있을 때도 있다. 그 한 줄이 글쓰기의 첫 시작, 영감이 되
기도 한다.

메모로 글 조각을 잘 모으고 있지만 문장이 안 써진다면, 아무 글 대
잔치라도 쓰길 권한다. 나는 8분 정도를 추천하는데 시간이 짧게 주어
져야 쏟아내듯 글을 쓸 수 있고, 쏟아내듯 써야 아무 글 대잔치의 묘미
를 좀 더 진하게 느낄 수 있기 때문이다.

아무 말이나 쓰라고 하면 가장 많이 나오는 질문은 이것이다.

"앞뒤가 서로 다른 문장도 괜찮은가요? 전혀 개연성이 없는 문장은
요?"

당연히 괜찮다. 생각의 흐름대로 적으면 된다. 아무 글 대잔치를 통
해 글 실력을 늘린다기보다 쓸 수 있다는 것을 스스로 믿게 되고 무의
식적으로 생각하는 게 뭔지 알게 되는 것만으로도 큰 수확이다. 매일

글쓰기 전, 딱 8분만 아무 글 대잔치를 해보자. 한 줄도 못 쓰는 날은 하루도 없게 될 것이다.

Step 6.
나를 사랑하게 되는 기록, 일기

내가 쓴 글 중 「마음의 빈자리를 채우는 방법」이라는 글에 이런 문장이 있다.

음식물 쓰레기는 밖에 내다 놓기가 귀찮아 냉동실에 얼려놓는다.

－『무심한 듯 씩씩하게』

그때를 표현한 가장 알맞은 문장이라고 생각한다. 아침에 일어나서 양치하기까지 수백 번을 고민했다. 치약을 짜고 묻히는데도 그냥 푹 쓰러지고 싶은 마음이 가득했다. 샤워를 하고 몸을 수건으로 이제 닦기만 하면 되는데도 수건이 들어있는 장을 보면서 문을 열지 못하고 고민에 휩싸였다. 아, 정말 그만하고 싶다고 생각하면서. 그러면서도 매일 술을 마시고 하루하루를 낭비하며 보냈다. 술을 마시니 무기력은 더 심해졌고, 반복이었다. 결혼해서도 크게 바뀌지 않았다. 아이를 살려야 했기에 분유를 탔고 먹였다. 아이를 살리는 일을 제외하고는 나는 또 더러운 집에서 무기력하게 누워있었다.

그런 나를 바꾼 것은, 글이었다. 첫 시작은 일기였다. 스무 살 때부터 서른 살까지 매해 한 권의 다이어리를 쓰긴 했지만, 결혼 후부터는 본격적으로 일기를 썼다. 무서운 속도로 일기장을 채워나갔다. 일 년 사이에 다섯 권을 넘게 썼다.

아무리 사소한 것이라도 내가 의미를 부여하면 그것은 글이 되었다. 그때 나는 절박하게, 카드값, 닭갈비, 친구 A에 대해 적어나갔다.

매일매일 내가 글을 쓰자 그 뒤로는 더 많은 에너지가 생겼다. '오늘은 뭘 쓰지?'에 대한 고민은 또 하나의 의미를 찾자는 것으로 연결되었다. 아이의 기저귀, 똥, 방귀… 그 모든 것들에서 나는 의미를 찾았다. 그러면서 하루에 한 번씩 머리를 감게 되었고, 모임을 늘려 사람들을 만났다. 그러다가 여기까지 오게 되었다.

다른 콘텐츠를 생산해내는 생산자가 되는 것도 물론 소비자로만 사는 것보다 좋다고 생각하지만, 그 생산품이 글이었으면 하는 이유는 이것이다. 삶의 의미를 찾을 수 있다. 나는 내가 쓴 글 덕분에 움직였으니까. 그 어떤 결과물도 행동이 없다면 이루어지지 않는다. 그런데 행동을 한다는 게 생각처럼 쉽지 않다. 특히 나처럼 매사가 쓸모없고 아무런 성과를 내지 못한 사람일수록 행동이 쉽지 않다. 그 행동이 또 다른 행동으로 이어져서 어떤 결과물을 내는 것은 더더욱 쉽지 않다. 글쓰기는 그런 것들을 도와준다. 무기력을 없애는 데 가장 좋은, 아니 가장 기초는 '적는 것'이다. 뭐라도 적어야 살아야 하는 의미가 생긴다. 오늘의 나를 조금, 아주 조금 사랑하게 되는 게 일기다. '내가 이 모양 이 꼴이라서 속상하다'라고 쓴다고 해보자. 이 모양 이 꼴의 나에 대해 조금 더 생각하고 집중하게 된다. 아 난 이 모양 이 꼴이군, 하면서 일기를 덮는다고 해도 적는 순간 나를 좀 더 사랑하게 된다. 살아갈 의미를 조금씩 모으게 된다.

일기를 쓰자. 최대한 구체적으로 내 감정, 그날 있었던 일에 대해 기록해보자. 일기를 한 편 썼다면 이미 작가로 한 발짝 내디딘 것이다. 무기력하다면, 일단 글을 생산해보아라. 그 글이 어떤 글이든 상관없다. 일단 쓰기 시작하는 순간 바뀌게 된다. 무기력이 사라지는 자리에 행동이 들어찬다. 그 행동에서 모든 변화가 시작된다.

Step 7.
연상작용 활용하기

'나는 관찰한다. 나는 느낀다. 나는 셀 수 없을 만큼 다양한 인상과 경험, 개념을 결합한다. 이 가공의 이미지를 가지고 머릿속에서 하나의 이미지를 만들어낸다.'

이것은 헬렌 켈러가 했던 말이다. 시각장애와 청각장애가 있었던 헬렌 켈러는 이런 식으로 머릿속 생각의 폭을 넓혀갔다고 한다.

글쓰기를 위한 산책은 헬렌 켈러가 말한 순서대로 이루어지는 게 좋다. 관찰하고 느끼고 내가 아는 개념을 내가 모르는 개념과 결합한다.

이 과정에서 자기만의 하나의 이미지를 완성할 수 있게 된다. 자기만의 시선을 가지게 되는 것이다.

당신의 이해를 돕기 위해 자세한 예시를 들어보겠다. 내 첫 책에는 「엄마의 눈이 말을 했다」라는 글이 있는데, 그 글이 탄생하기까지의 생각을 구체적으로 적어보려고 한다. 무엇을 연상해서 어떻게 쓸 수 있었는지를 말이다. 이 부분을 읽기 전에 원 글을 읽고 보면 글을 이해하는 데 도움이 될 것이다. 원 글은 책 『무심한 듯 씩씩하게』에도 나와 있고, 내 브런치스토리로 들어가도 읽을 수 있다.

산책을 한다고 치자. 걷다가 어떤 엄마를 마주치게 되었다. 그 엄마가 아이에게 솜사탕 가게 앞에서 솜사탕을 가리키며 말한다.

"이거 먹을래? 먹으면 이가 썩는데. ○○이 그래도 먹고 싶으면 옆에 알록달록한 거 말고 하얀 거 먹자."

그 광경을 그냥 바라본다. 그러다가 갑자기 내가 어릴 때 자주 봤던 엄마의 눈동자가 떠올랐다. 그 눈동자를 생각한다. 그럼, 이제 엄마의 눈동자라는 내가 과거에 알았던 기억을 하나 연상한 것이다. (그때까지도 엄마의 눈동자에 관한 의미를 자신도 알지 못한다. 그냥 그 장면이 떠올랐을 뿐이다) 걸으며 엄마의 눈동자를 중심으로 생각을 확장해나간다.

'그 눈동자는 왜 갑자기 떠올랐을까. 그때 나는 어디였나? 엄마는 내게 어떤 존재였나? 그때 엄마가 무슨 말을 했지? 내가 괜찮지 않았던 이유는?'

하나씩 떠올리다 보면 엄마의 눈동자랑은 전혀 상관없는 일이 이야기 소재로 될 수도 있고, 엄마를 둘러싼 에피소드가 소재가 될 수도 있다. 중요한 것은 솜사탕 가게 앞 어떤 엄마를 유심히 보기 전까지는 10년 넘게 엄마의 눈동자를 떠올린 적이 없었다는 거다. 그런데 어딘가, 숨겨둔 기억이 있었다. 컴퓨터는 탐색을 누르면 되지만, 우리는 주의 깊게 보는 것으로 그것을 대체한다. 계속 걸으면서 의문점이 생기면 깊게 파고들어 가본다. 예를 들면 이런 생각을 한다.

'나는 왜 그때 엄마에게 제대로 말을 하지 못했을까.'

'엄마는 그때 왜 그렇게 바빴을까.'

의문점 하나당 생각을 길게 해본다. 다시 걷는다. 걸으면서 계속해서 생각한다. 머릿속에 포물선으로 단어들을 연상한다. 엄마의 눈동자, 시장, 감자, 양파, 떡볶이, 꼬치, 엄마가 입었던 옷, 엄마의 구두, 걸음걸이 …. 머릿속으로 이걸 계속 그린다. 한마디로 산책할 때는 그림(구상)을 계속 그려야 한다. 그러면서 이것을 어떤 사건으로 할지, 어떤 식의 결말을 낼지 구상해보는 거다. 나는 이때 엄마의 눈동자를 계속 그리면서 엄마의 눈동자가 말을 했네, 라는 결정을 내렸고 '엄마의 눈이 말을 했다'로 제목을 지었다. 그리고 어린 시절 내가 느낀 엄마의 말과 눈동자의 말이 어떻게 다른지를 생각했다. 그러다가 지금의 나와 그때의 엄마를 비교하기 시작했고 아, 엄마도 겨우 그때 나 정도 나이였네? 나는 아이에게 그런 적이 없었나? 하는 의문을 떠올렸다. 언제까지고 6살 기억에 멈춰있던 나를 위로해주는 것은 지금의 내 아이라는 것을 깨닫는다. 내 아이가 내 눈동자 안에 깊숙이 박힐 때, 나를 사랑한다고 할 때 과거 시장에서 엄마의 눈을 읽던 6살 그 아이는 이제 집으로 돌아갈 수 있다.

이런 식으로 포물선을 그려서 생각을 확장해 나가보자. 메모하고, 머릿속에서 그림을 그리는 과정을 통해서 대부분 글의 뼈대를 완성할 수 있다. 이 생각의 과정인 유추를 통해 내가 생각하는 것의 결과물을 얻을 수 있다. 물론 나만의 결과물은 어디까지나 주관적이다. 글쓰기는 그런 자신의 견해를 뒷받침할 의견, 생각 같은 것들을 모아 하나의 가설을 세우는 일이라고 보면 된다. 아마 이 과정을 해본다면 여러분들은 머릿속으로 그림을 그리는 행위가 굉장히 재밌는 일이라는 걸 알게 될 것이다.

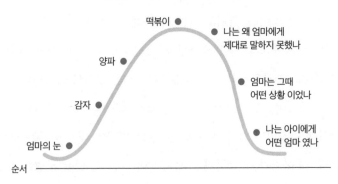

머릿속으로 그리는 생각의 포물선 예시

떡볶이 ●

● 나는 왜 엄마에게
제대로 말하지 못했나

양파 ●

● 엄마는 그때
어떤 상황 이었나

감자 ●

● 나는 아이에게
어떤 엄마 였나

엄마의 눈 ●

순서

Step 8.
공감 능력 키우기

　당신은 혹시 집에 강아지를 키우는가. 강아지를 키우는 사람들은 자신의 기준에서 귀엽고 좋으니까 키울 것이다. 강아지를 내 처지에서 귀여워하고 좋아하는 것과 내가 눈을 감고 완전히 강아지가 되는 것은 전혀 다른 일이다.

"이제 소리가 점점 더 잘 들립니다. 나는 무슨 뼈든지 웬만한 뼈는 다 씹어 먹을 수 있어요. 주인이 없을 때 나는 굉장히 외로운 기분이 듭니다."

이처럼 강아지의 입장이 되는 게 진정한 공감이다. 공감이란 내 처지에서 '저 사람은 저렇겠지, 이 사람은 이렇겠지'라며 넘겨지는 마음이 아니다. 내면의 공간을 내가 아닌 다른 무언가로 채우는 일이다. 당신은 다른 사람의 말을 들어주다가 내 일도 아닌데 함께 눈물을 흘린 적이 있지 않은가? 내 내면이 그 사람으로 채워져서, 입장이 완전히 바뀌어 눈물이 나는 것이다.

이런 공감은 동물에게도 할 수 있고, 나와 가치관이 다른 사람에게도 할 수 있다. 예를 들어 비행 청소년이라든지 범죄자에게도 우리는 공감을 할 수 있는데, 이것은 사고가 일어나기까지의 과정을 이해하는 것이지 어떤 사고를 용인하거나 허가한다는 의미는 아니다. 공감은 중립적이고 비판단적이다. 글을 쓸 때는 이런 공감 능력이 매우 중요하다.

내가 진행하는 수업 중 서로 글을 읽고 의견을 나누는 '합평 수업'이 있다. 글을 합평할 때 주로 소리를 내서 읽는데, 자기만의 속도로 자신의 글을 읽어 내려가다 보면 그 글의 리듬에 대해서 알 수 있고, 흐름이 끊기는 부분에 대해서도 알 수 있다. 그리고 누군가가 낭독하는 글을 주의 깊게 들음으로써 공감력을 키울 수도 있다. 실제로 많은 분이 다른 사람의 글을 들으면서 웃고 운다. 듣는 사람의 내면이 글 속 주인공으로 채워져서 그렇게 되는 것이다. 글을 잘 쓰기 위해서는 잘 들어야 한다. 합평의 시간이든 평소의 시간이든 남이 말을 했으면 그 말을 주의 깊게 경청하는 것이 굉장히 중요하다. 들어야 쓴다. 잘 쓰기 위해서는 잘 들어야 한다.

그런데도 잘 듣지 않는 사람이 있다. 어떤 분은 합평 시간에 함께 글을 쓰는 분들 의견은 듣고 싶지 않고 내 의견만 말해달라는 분도 있었다. 그러나 합평의 시간은 배움의 시간이라기보다는 각자가 가진 틀을 부수는 시간이다. 내가 붕어빵 틀로 계속 글을 만들면 붕어빵만 나온다. 틀을 깨고 자유롭게 쓰기 위해서 합평의 시간을 가진다. 나를 비우고 다른 것으로 채우는 공감의 경험은 결국 내 세계를 넓혀준다. 내 세계를 넓히기 위해 우리는 의도적으로 공감력을 키울 필요가 있다. 합평 수업을 통해서도 할 수 있지만, 평소에 혼자서도 할 수 있는 방법을 소개하겠다.

공감력을 기르는 첫 번째 방법은 지금 내 눈앞에 일어나는 일을 세심하게 관찰하는 것이다. 연상활용법에서는 주로 과거를 기억했다면, 이번에는 현재에 집중한다. 일단 사람이 많은 곳에 간다. 그곳에서 공간과 사람들을 관찰한다. 지하철역이나 KTX 역, 백화점도 좋다. 공간은 어떤 모습이고 지나다니는 사람들의 표정과 자세는 어떤가. 무슨 말을 하고 있는가. 이 모든 것을 관찰하라. 그들이 사용하는 단어, 문장을 들어보아라. 문장을 유달리 길게 말하는 사람이 있는가 하면, 목적어 주어 빼고 간단히 말하는 사람도 있다. 예를 들어, 지인에게 "밥은 먹었어?"라고 다정하게 말하는 사람도 있고 "밥은?" 하고 간단히 물어보는 사람도 있다. 타인의 말을 습관적으로 자르는 사람도 있고, 천천히 말을 하는 사람도 있고, 발음 중 지읒이나 히읗 발음을 잘 못

하는 사람도 있다.

우리가 유심히 본 것들. 예를 들어서 누군가가 입은 옷 소매에서 보풀을 발견하게 되었다. 그러면 '그는 파란색 셔츠를 입고 있었는데, 커피를 마실 때마다 팔을 뻗으면 소매에 보풀이 가득했다' 이런 식으로 우리는 글의 어느 부분에 이것을 사용할 수 있다. 아니 사용하게 된다. 비슷한 감정을 느꼈을 때 비슷한 장면을 봤을 때, 관찰한 것이 도구가 돼서 글을 만들 수 있다. 관찰한 게 많으면 글 만들기에 유리한 사람이 된다. 유심히 본 게 영화나 드라마일 수도 있다. 작품을 보면서 우리가 울고 웃었던 공감이 모두 다 사라지지 않는다. 계속 내 안에 쌓인다.

공감력을 높이는 두 번째 방법은 그 감각을 더 깊숙이 투영하기 위해 자신이 아닌 무언가가 되었다고 생각하고 글을 써보는 거다. 쉽게 말하자면 영화 「82년생 김지영」에서 김지영이 다른 누군가의 목소리가 되어서 말을 하는 부분이 있다. 그것처럼 내가 시어머니, 남편, 친구 A가 된 것처럼 쓰면 된다. 사람이 아닌 물건이 되는 것도 가능하다. 내가 볼펜이 되었다면 이렇게 쓸 수 있다.

목요일이다. 오늘도 역시 그가 나를 꽉 안았다. 세게 쥔 만큼 오래 안아주면 좋을 텐데.

내 딸이 되었다고 생각하면 이렇게 쓸 수 있다.

엄마의 잔소리가 또 시작됐다. 본인이 닝기적거려서 지금 이렇게 늦은 걸 모르는 걸까. 왜 이렇게 빨리 준비를 안 하냐고 화를 낸다.

상대가 되어봄으로써 우리는 의도적으로 공감을 할 수 있게 된다. 글쓰기 수업 때 아들 입장이 되어서 글을 썼던 60대 어머니가 계셨는데, 첫 문장을 이렇게 시작했다.

나는 태어나자마자 할머니 손에서 길러졌다.

그 문장을 말하자 강의실은 순간적으로 적막이 흘렀다. 그분이 워킹맘이어서 아들을 직접 키우지 못하고 할머니가 키웠다고 했다. 그녀의 마지막 문장은 이것이었다.

내 결혼식에서 그녀를 흘깃 보니 눈물이 고여있다. 슬프긴 한 걸까?

그 문장을 읽고 펑펑 울었다. 그 학우는 자신이 어렸을 적부터 아들을 잘 챙겨주지 못해서 자신을 좋아하지 않을 거라고 짐작만 했었는데, 아들이 되어서 글을 써보는 것은 완전히 새로운 경험이었다고 말했다. 지금은 아들의 입장을 전보다 잘 이해하게 되었다고도 하셨다.

예전에 어느 독서 모임에서 글쓰기 특강을 진행한 적이 있었는데 수업이 끝나갈 무렵 질문을 하나 받았다.

"남들이 봤을 때 공감 가는 글을 쓰고 싶은데, 어떻게 써야 할지 모르겠어요."

나는 그분께 이렇게 말했다.

"우리가 영어 공부할 때요. 영어를 많이 들으면 어느 순간 아웃풋으로 입에서 영어가 나온다고 하잖아요. (나는 아직 경험해보지 못했지만 심심치 않게 관련 내용의 영상들이 영어학원이나 학습기 홍보 영상에 나오곤 한다) 공감도 이와 같아요. 공감 가는 글을 쓰려면 일단 본인이 공감을 많이 해야 해요."

공감을 채워 넣어야 공감이 나온다. 많이 보고 듣고 느끼고 만지고 맡자. 사실 글을 다듬는 것은 좀 티가 나는 거고, 공감한 지점에서 그것으로 내면의 창고에 재료를 쌓는 것은 상대적으로 티가 안 나는 일이다. 타인은 당신이 얼마나 글 쓸 재료를 가졌는지 알지 못한다. 하지만 스스로는 안다. 키보드 앞에 앉았을 때 내가 얼마나 많은 재료를 쌓아놓았는지, 텅텅 빈 채로 앉은 건지. 내면에 글쓰기 재료를 쌓는 것은 글쓰기에서 중요한 일이다. 그래서 공감력을 키우는 연습을 꼭 해야 한다. 언젠가 아웃풋으로 그것들이 나올 수 있게끔.

지난여름, 내가 진행하던 글쓰기 수업에 한두 번 오고 안 오셨던 50대쯤 된 어머니가 있었다. 그분이 하루는 나에게 노트를 보여주었다. 그 노트는 반 이상이 쓰여있었는데, 내용은 이랬다.

오늘은 아침 먹고 점심 먹고 저녁 먹고 헬스장 갔다.

정말 매일 똑같은 글이 쓰여 있었다. 그분께 여쭤보니 그것 말고는 기억이 나지 않는다고 했다. 그분은 내면의 창고에 재료를 쌓아놓지 않았던 거다. 평소에 부지런한 분임은 분명하였지만, 내 안에 와닿았던 재료가 많은 사람은 아니었던 거다. 어떤 현상이 일어나는 순간에 공감해야 그것이 내 안에 쌓인다.

우리가 공감한 그 지점에서 재료가 쌓이고, 그 재료로 내 이야기를 연결해서 펼칠 수 있다. 평소에 남의 말을 주의 깊게 듣고 주의 깊게 외부를 관찰하라. 결국 공감력이라는 것은 내면을 비우지 않고 그 안에 나만 가득 차 있으면 키울 수 없다. 나를 비우고 다른 것으로 채우는 연습을 통해서 우리는 공감력을 키울 수 있고, 동시에 글을 더 잘 쓸 수 있는 사람이 될 수 있다.

Step 9.
다독, 다상량, 다작하기

달리기를 잘하려면 체력을 키우는 게 기본이다. 글을 잘 쓰려면 필요한 기본은 무엇일까. 이것은 중국 송나라 문인 구양수가 말한 것으로, 지금까지도 글쓰기의 세 가지 기본으로 전해 내려오고 있다. 세 가지는 바로 다독, 다상량, 다작이다. 즉, 많이 읽고 많이 생각하고 많이 쓰라는 것이다.

1) 다독

책을 읽으면 좋다는 것은 누구나 알고 있다. 정확히 글쓰기에서 어떤 게 좋을까? 일단 관점이 넓어지게 되어 사람을 이해하는 눈을 키운다. 특히 소설을 읽으며 우리는 다양한 인물상을 접하게 된다. 실제로 접하지 못한 인물을 소설 안에서 접하게 되고, 그 인물의 세계에 들어가게 된다. 그런 와중에 사람이 다양하다는 것을 받아들이게 된다. 나역시 책을 읽으며 내가 한심하다는 생각을 조금 덜 하게 되었고, 주위 사람들을 이해하는 폭이 넓어졌다. 그리고 모국어의 선용과 조탁, 표현력을 배울 수 있다. 즉 이게 이 상황에서 맞는 표현인지 알게 된다. 무엇보다 다독의 가장 큰 장점은, 글을 많이 접할수록 글을 보는 안목이 생긴다는 것이다.

나는 정말 패션에 관심이 없다. 그러다 보니 안목도 없다. 하루는 아는 분과 마주 앉아 밥을 먹는데, 그분은 내가 입은 옷이 안의 목티와 위의 카디건이 어울리지 않는다고 말해주셨다. 안의 옷은 웜톤, 바깥에 입은 카디건은 쿨톤의 색이라고 했다. 색에 대해 잘 알고 강의까지 다니는 분이라 신빙성 있게 느껴졌지만, 순간 내가 들었던 생각은 그저 이것이었다.

'역시, 안에 옷은 흰색을 입었어야 했어. 그럼, 겉옷을 뭘 입든 대충 다 맞았을 텐데.'

우리 집에는 그런 이유로 흰 셔츠를 포함한 흰색 상의가 대부분이다. 흰색, 검정, 회색 3개를 합치면 전체 옷의 99%는 된다. 최근에는 유튜버로 정체성을 넓히는 중이라 여러 옷에 관심을 가지려고 노력 중이지만, 여전히 스스로가 봐도 옷을 고르는 안목이 높지 않다고 느낀다. 아마 여태 패션에 관심이 없고 많이 접해보지 않아서, 어떤 색끼리 어울리고 어떤 게 별로인 건지 잘 알지 못하는 것이리라.

책을 많이 접하지 않은 사람들도 마찬가지이다. 내가 패션에 대해 잘 모르는 것처럼, 어떤 게 좋은 책인지 잘 모를 수 있다. 우리는 좋은 책을 많이 접할수록 이게 좋은 글인지 안 좋은 글인지, 내게 맞는 글인지 나와는 주파수가 맞지 않는 글인지 본능적으로 알게 된다. 그러면서 창작의 과정 자체가 친숙해지고 편안해진다.

중학교 때 나는 팬픽에 빠진 적이 있었다. 지금 그 가수를 모르는 친구들도 많겠지만, 나는 원타임의 팬이었다. 원타임 네 명이 등장하는 팬픽을 밤새 읽으며 킥킥거리곤 했다. 그런데 그때 읽은 이야기는 지금 생각해보면, 주인공의 특성도 담겨있었고 사건이라고 할만한 일도 있었고 결말도 존재했다. 심지어 재밌었다! 특히 원타임의 멤버는 네 명이었는데, 두 명이 주인공, 두 명이 서브 주인공으로 배치를 잘해서인지 이야기에 완전히 몰입하게 되었다. 읽다 보면 팬픽을 쓴 글쓴이 이야기도 가끔 나오는데, 알고 보면 그 친구들 역시 그냥 원타임의 팬이었다. 나이도 나처럼 중고생에 불과했다. 그런데 어떻게 그렇게 재밌게 이야기를 쓸 수 있었을까? 이야기의 구조나 특징에 대해 배웠던 걸까. 그들에게 댓글로 질문을 해보면 대부분은 그렇지 않았다. 그들 중 몇몇은 이렇게 말했다.

"여기 올라오는 팬픽을 거의 다 읽었어요. 팬픽 읽는 거 너무 좋아해요."

모든 일은 많이 하게 되면 틀을 익히게 된다. 춤을 계속 따라 추다 보면 똑같이 출 수 있듯, 이야기 역시 많이 읽다 보면 어떻게 써야 할지 감각적으로 알게 된다.

2) 다상량

글을 잘 쓰려면 생각을 많이 해야 한다. 읽고 쓰는 것은 생각하기가 전제되지 않으면 발전할 수 없다. 반드시 다상량해야 한다.

연구 결과에 따르면 사람은 하루에 5만 가지 이상의 생각을 한다고 한다. 그러니 사실 우리가 생각하지 않는 것은 아니다. 게다가 글을 쓰면 가만히 있을 때보다도 더 많이 생각한다. 그런데 오히려 그렇기에 다상량의 중요성을 간과하고 독서와 쓰기만 열심히 하는 사람들이 많다.

나는 연상을 할 수 있는, 생각에 집중하는 시간이 글쓰기에서 가장 중요하다고 말한다. 당신에게 시간이 무한대로 많으면 글쓰기도 두세 시간하고 산책도 두세 시간하고 다 넉넉히 하면 제일 좋다. 그런데 안타깝게도 시간이 많이 없다면 예를 들어 하루 글 쓸 시간이 두 시간밖에 없다면, 한 시간 넘게 산책하고 3~40분 글 쓰는 것을 추천한다. 왜냐하면 글을 쓰는 것은 어떻게 보면 운전처럼 계속하면 할수록 느는 부분이 분명히 있기 때문이다. 엉덩이 힘이 글쓰기라는 분야에서 작용한다. 그런데, 이 기술적인 부분은 어느 정도 한계가 있는 것같이 느껴진다. 운전하다 보면 어느 순간부터 운전을 할 수 있게 되지만, 특히 더 잘하려면 자기만의 방식, 감각이 필요하다. 이처럼 글쓰기에서도 분명히 잘 쓴다고 할 수 있는 보편적인 기준이 존재하지만, 결국 자신만이 쓸 수 있는 글을 쓰려면 자기만의 세계를 넓혀야 한다. 우리 내면에도 집이 있다. 근데 이 집이 14평이다. 생각을 많이 할수록 그 평수가 넓어진다. 받아들일 수 있는 게 많아지기 때문이다.

그래서 내부의 집 평수를 넓히는 일이 가장 중요한데, 그게 바로 혼자 생각하는 시간이다. 당신은 하루에 생각하는 시간을 따로 가지는가? 여기 두 명의 사람이 있다고 해보자.

A : 하루 1시간 글쓰기, 하루 1시간 산책하며 연상 활용하기

B : 하루 2시간 글쓰기

처음에는 A와 B 별 차이가 안 나지만, 계속 반복했을 때는 생각을 많이 한 사람이 이긴다. B보다 A가 더 좋은 글을 쓸 확률이 높아진다. 나만의 세계가 생기고 이게 점점 확고해지고 넓어지면 질 수 없는 게임이 되기 때문이다. 생각하는 시간을 가지는 것, 연상한다는 것은 글쓰기에서 너무나 중요하다. 당신이 글을 쓰면서 덤으로 자기만의 내면의 집도 넓히면 좋겠다. 그래서 그 집에서 꼭 자기만의 글을 쓰기를 바

란다.

3) 다작

'글쓰기는 질보다 양'이라는 메시지는 메이지대 문학부 교수 사이토 다카시가 쓴 『원고지 10장을 쓰는 힘』에서도 나오는 이야기이다. 글쓰기는 엉덩이 무거운 사람이 유리한 분야가 맞다. 최대한 앉아서 많이 써봐야 한다. 내가 진행하는 오프라인 글쓰기 수업 시간에는 일주일에 한 편의 글을 써서 제출하는 숙제가 있다. 나는 수업 듣는 사람들에게 첫 번째 시간에 이런 말을 한다.

"여러분, 1년씩 이어지는 수업을 제가 하다 보면요. 결국 마지막에 제일 글 잘 쓰는 사람은 어떤 사람인지 아세요? 제 수업 열심히 듣는 사람 아니고요. 1년 내내 글 진짜 많이 쓴 사람이에요. 수업만 듣는다고 글 절대로 잘 쓰게 되지 않아요. 많이 써야 잘 쓰게 돼요."

1년 넘게 글쓰기 챌린지인 별별챌린지66을 진행하면서 이것을 나는 증명할 수 있었다. 글쓰기에 대한 아무런 강의나 컨설팅 없이 오롯이 혼자 꾸준히 쓰는 챌린지만으로 책을 출간한 사람들이 계속해서 생기고 있다. 많이 쓰면 저절로 잘 쓰게 된다. 거기다 챌린지의 장점은 혼자하는 것보다는 반강제적으로 다작을 할 수 있는 시스템을 만들 수 있으니, 함께하는 챌린지 속 인증 시스템을 활용해 꾸준히 글을 써보자.

또, 많이 쓰면 글 안에 나만의 목소리가 자연스럽게 나온다.

나는 특히 에세이를 쓸 때 높은 절벽에 혼자 앉아서 쓰는 느낌이 든다. 그래서 그런지 사람들로부터 글이 대체로 우울하다, 어둡다는 평을 많이 들었다. 처음에는 그런 말들에 일일이 대항하고 싶었지만, 나중에는 그냥 그것을 받아들이게 되었다.

어떤 사람은 매번 술에 취한 듯이 들뜬 말투로 글을 쓰는 사람도 있다. 이것은 내가 그렇게 해야지 하고 의도한 게 아니라 마음이 내는 소리의 주파수가 그냥 그런 거다.

'그냥 그런 것'을 찾는 게 중요하다. 내가 이런 목소리군, 하고 알아차릴 정도면 꽤 글을 쓴 것이다. 물론 수업해 보면 그 목소리를 빨리 찾는 사람도 있고 늦게 찾는 사람도 있다. 중요한 것은 그 목소리는 수업만 듣는다고 해서 찾을 수 없다. 써야 찾을 수 있다. 우리 실제 목소리도 말해야 알 수 있듯이, 말 안 하면 자기 목소리를 모른다. 글도 써야, 본인이 써야 알 수 있다.

정리하면, 글쓰기에서 가장 기본이 되는 세 가지는 다독, 다상량, 다작이다. 이 세 가지를 하면 무조건 글을 잘 쓴다는 게 아니라, 이 세 가지를 하지 않으면 글을 쓰다가 티가 난다. 기초공사를 하지 않고 건물을 쌓는 것과도 같다. 그러니 지금부터 꾸준히 세 가지를 실천하자. 분명 어느 순간 어, 생각보다 내가 글을 잘 쓰네? 하는 느낌이 들 것이다. 당신이 글쓰기라는 레이스에서 체력을 키워서 최대한 오래 달릴 수 있길 바란다.

Step 10.
필사로 글에 대한 감각 익히기

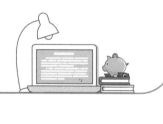

Step 9에서 말한 다독, 다상량, 다작을 꾸준히 하기 위한 루틴으로 나는 독서, 산책하기, 글쓰기를 추천한다. 이렇게 말하면 내게 꼭 물어보는 사람이 있다.

"근데 전 이미 책을 많이 안 읽었어요. 글도 많이 안 써봤고요. 그럼 전 글쓰기를 잘할 수는 없나요?"

나는 그런 말을 들으면 이렇게 말한다.

"우리 돈이 없으면 어떻게 해야 하나요? 돈을 벌어야 하죠. 근데 너무 급하게 돈이 필요해요. 월급은 한 달 뒤에 나와요. 그러면 방법이 없나요? 있죠? 뭐죠? 네, 대출~! 돈을 빌려야 합니다. 글은요? 글도 마찬가지죠. 빌리는 것도 하나의 방법이 될 수 있습니다. 돈은 은행에서 빌리고 글은 잘 쓴 작가의 책에서 빌리면 됩니다. 즉 필사하면 됩니다."

돈을 빌리는 것은 눈에 보이는 거라 비교적 간단한데, 글을 빌리는 것은 단순히 글자를 빌리는 것을 뜻하지는 않는다. 그 작가가 글을 쓸 때 느낀 감정, 뉘앙스, 향기 이런 모든 것을 빌리는 거라서 감각을 익힌다는 의미로 접근해야 한다. 실제로 글자를 빌려서 내 글에 넣는 게 아니다. 필사한 단어가 좋아 보여서 내 글에 그 단어만 무작정 들고 오면 글이 엉성해지고 붕 뜬다. 그렇다고 필사한 글 전체, 예를 들어 한 챕터를 별도의 인용 표시 없이 내 글에 들고 오면 명백한 표절이니 주의해야 한다. 감각을 익힌다는 게 와닿지 않는다면, 문장을 해부한다는 느낌으로 필사를 대하는 것도 방법이다.

지금 집에 있는 책꽂이에서 당신이 좋아하는 책 세 권을 뽑아보아라. 그리고 아무 페이지나 넘겨서 한 3~4쪽 소리 내서 읽고, 나머지 두 권도 아무 곳이나 펼쳐서 서너 쪽 소리 내서 읽어보자. 아마 천천히 읽으면 작가마다 글의 속도가 다르다는 게 느껴질 것이다. 어렵게 생각하지 말고 '이 작가님은 글을 이런 식으로 쓰네'를 느끼면 된다. 필사를 통해서 그것을 느끼는 게 첫 번째다. 두 번째, 느낀 문장을 따라 써보자. 쓰면서 이 글에 리듬을 익혀보자. 쓸 때 얼마만큼 필사해야 하냐는 질문에서는 사람마다 의견이 다른데, 개인적인 의견으로는 감각을 익히는 용도이므로 한 권을 모두 필사하기보다는 한 문단이나 한챕터 정도만 필사해도 충분하다고 생각한다.

세 번째로는 필사한 챕터에서 마음에 드는 문장을 하나 뽑는다. 그리고 그 문장을 약간 변형시킨다.

김훈 작가의 『칼의 노래』에 나오는 문장을 예시로 들자면 이렇다.

> 원 문장 : 지나간 모든 끼니는 닥쳐올 단 한 끼니 앞에서 무효였다.
>
> 바꿔보기 : 지나간 모든 시간은 닥쳐올 단 한 시간 앞에서 무효였다.

이렇게 바꿔보는 거다. 이걸 바꿔서 글에 사용하겠다! 이런 게 아니고 바꾸는 과정에서 당신은 좋아하는 작가의 문체를 좀 더 이해할 수 있고, 스스로가 가진 글쓰기 감각 역시 기르게 된다.

이십 대 초반 나는 술 마시고 노느라 친구 집에서 주로 잠을 잤다. 그 집에 머무르며 무라카미 하루키의 『상실의 시대』 책을 필사했다. 새벽 늦게까지 다이어리에 적으면서 정말 놀랐던 게 글은 읽을 때와 적을 때가 완전히 다르다는 것이었다. 필사하면서 문장이 단어로 구성되어있고 어떤 단어를 어떻게 쓰고 배치하느냐에 따라서 분위기가 완전히 달라지고, 리듬 역시 바뀐다는 것을 확실히 느낄 수 있었다. 마치 레고를 조립하는 것처럼 내가 좋아하는 작가의 문장을 분석해볼 수 있었다.

필사할 때는 한 가지만 조심하면 된다. 글자 하나하나를 예쁘게 쓰려고 하지 말자. 예쁘게 쓰는 것에 집중하다 보면 글의 리듬과 뉘앙스를 놓치게 된다. 그것만 조심한다면 적으면 더 잘 느끼는 게 당연하다. 작가도 분명히 그 문장을 노트북으로 쓰든 연필로 쓰든 썼을 거니까. 쓰는 게 더 작가의 본질에 가까이 다가갈 수 있다. 좋은 글을 쓰고 싶다면, 좋은 글을 필사하자. 모호했던 것이 좀 더 구체적으로 손에 잡힐 것이다.

가끔 어떤 장르의 글을 필사하면 좋은지에 대해 질문하는 사람이 있다. 나는 자신이 쓰려고 하는 장르의 글이라면 어떤 장르든 필사해보라고 추천한다.

영화나 드라마를 쓰고 싶다면 대본집을 필사하는 게 도움이 되고, 에세이를 쓰고 싶은 사람이라면 문학작품들, 소설이나 시, 에세이를 필사하면 도움이 된다. 사람을 설득하는 글을 쓰고 싶다면 당신이 블로그에서 읽고 설득되어서 무언가를 구매했던 경험이 있는 그 블로그 글을 그대로 필사하는 것도 도움이 된다. 감각을 익히는 일이므로 특별히 장르에 제한이 없다. 자신이 보았을 때 '괜찮은' 글이면 뭐든 좋다.

나 역시 글로성장연구소에서 글쓰기 컨설팅을 통해 책 출간을 도와주는 일을 하고 있지만, 시중에 나와 있는 아주 고가의 컨설팅을 듣는 것보다 꾸준히 필사하는 게 글쓰기에 더 도움이 된다고 생각한다. 출간 시장에 대한 이해나 요즘 트렌드를 알기 위해서는 컨설팅이 물론 도움이 되지만, 글쓰기로만 봤을 때는 그렇다는 거다. 3개월 정도 모임을 만들어서 정기적으로 필사를 해보자. 분명히 글이 달라질 것이다.

좋은 글을 쓰고 싶은데 글을 어떤 식으로 써야 할지를 모르겠다면, 실전에서 막힌다면, 필사만 한 게 없다. 감각을 배울 수 있다. 좋은 글을 쓰고 싶다면? 좋은 글을 필사하라! 좋은 문장은 이미 있다. 그것을 얼마나 느끼고 활용할지는 당신의 손에 달렸다.

Chapter 06

글쓰기 핵심 팁

- 짧은 문장으로 써라

- 그림 그리듯 보여주라

- 예쁘게 쓰기가 아닌 리듬감 있게 써라

- 한번 시작하면 끝까지 써라

- 글이 잘 써지지 않으면 중간부터 써라

- 오감을 활용하여 글쓰기를 해보라

- 감정과 판단의 이름표를 떼라

- 퇴고의 세 가지 원칙

짧은 문장으로 써라

　글쓰기 핵심 팁 첫 번째는 문장을 단문으로 만드는 거다. 문장이 짧으면 좋은 문장이고, 길면 좋지 않은 문장일까? 당연히 그렇지 않다. 다만 초보자가 활용하기에 단문은 최고의 선택이다. 짧은 문장은 치고 나가는 힘이 있다. 리듬감이 좋고 발걸음이 가볍다. 글이 경쾌해야 독자도 짧은 호흡으로 편하게 읽어 내려갈 수 있고, 글을 쓰는 사람 역시 축축 처지지 않게 된다. 그리고 문법적으로도 하나의 주어에 하나의 술어가 들어갈 확률이 높아져서 문장이 비문이 되는 것을 방지하는 효과도 있다. 또 문장을 쓰고 난 뒤 읽어보았을 때 도저히 숨이 차서 읽을 수가 없는 길이라면, 당연히 문장을 잘라야 한다. 문장을 자르는 것만으로도 많은 문제가 해결됨을 아마 자르고 나면 느끼게 될 것이다. 조금 길다 싶은 문장을 잘라보자. 잘라서 읽어보면 짧은 문장이 주는 효과에 대해서 저절로 알게 될 것이다.

고 노무현 대통령은 연설 때 유달리 단문을 많이 사용한 걸로 유명하다. 문장이 짧은데다 어려운 말은 쉽게 표현하려고 노력한 흔적도 드러난다. 덕분에 오랫동안 사랑받는 연설로 남아있다. 글쓰기의 가치가 독자에게 의미 전달되는 것에만 있는 건 아니다. 작가 자신의 세계를 표현하기 위해서는, 문장이 긴 것이 꼭 필요할 때도 있고, 어려운 한자어가 꼭 필요할 때도 있다. 그렇다고 하더라도 글을 쓸 때 독자에게 의미가 전달되는 건 가장 기본적인 거라고 할 수 있다. 아예 의미 전달이 되지 않으면 일기장에 쓴 글일 뿐이고, 자기만족에서 한 발짝도 나아가지 못한다.

예전에 스피치 수업을 들은 적이 있다. 1회차 수업에서 스피치 강사는 이렇게 말했다.

"앞에 나와서 말을 할 때는요. 여러분, 한 문장 한 문장 다 끊어서 호흡을 짧게 가져가셔야 해요. 그래야 사람들이 우리가 하는 말을 잘 이해할 수 있어요."

제가 어제 주말이라서 친구들과 떡볶이를 먹으러 갔는데 줄이 너무 길어서 한

참 기다렸는데 기다리다가 보니 갑자기 비가 와서 친구와 고민하다가 그래도 좀 더 기다리니 비가 그쳐서 떡볶이를 사 먹었는데 맛있더라고요.

어떤가? 이걸 자르기만 하면 이렇게 된다.

제가요. 어제 주말이어서요. 친구들과 떡볶이를 먹으러 갔어요. 근데 줄이 너무 긴 거예요. 한참 기다리는데 비가 오지 뭐예요. 친구와 고민하다가 그래도 좀 더 기다렸어요. 그랬더니 비가 그쳐서 떡볶이를 사 먹었어요. 근데 너무 맛있더라고요.

글쓰기도 이와 마찬가지다. 글은 이렇게까지 자를 필요는 없지만, 독자가 이해조차 하지 못한 글은 널리 퍼지기 어렵고 이해하지 못한 글을 읽고 공감하기란 더 어려울 것이다.

글쓰기에서 단문은 정답이 아니다. 특히 문학적인 글에서는 더더욱. 그러나 소통에서는 정답에 가깝다. 당신이 글쓰기 초보라면, 독자와 글쓰기로 소통하고 싶다면 단문을 적재적소에 잘 이용하자.

그림 그리듯 보여주라

1. 아침부터 지각해서 짜증이 났다.

2. "띵띵"

시계 알람을 껐다. 뭐? 9시? 손이 떨렸다. 현관문을 열고 빠르게 왼쪽으로 달렸다.

1번은 말하기 방식이다. 기쁘다, 슬프다, 외롭다 이렇게 글 안에서 자신의 기분을 그대로 말하는 것을 말하기 방식이라고 한다. 뉴스 기사처럼 팩트 나열도 말하기 방식이라고 할 수 있다.

2번은 보여주기 방식이다. 영화를 보듯이 상황을 보여주는 것이다.

1, 2중 어떤 게 더 와닿을까?

1번처럼 적으면 독자가 상황을 오해하지 않고 비교적 정확하게 받아들인다는 장점이 있지만, 와닿지는 않는다. 반면 2번처럼 적으면 독자는 "어휴~" 이렇게 된다. 감정적으로 공감하게 된다. 주인공이 이렇겠네, 저렇겠네, 짐작하고 판단 내리는 것이 아니라 독자를 어휴, 하게 만드는 것. 그게 보여주는 글쓰기의 가장 큰 장점이다. 그러면 독자는 마치 내가 이 상황을 겪는 것과 같은 상태가 된다. 즉 독자를 이야기 안으로 데리고 올 수 있다.

많은 글쓰기 책에서 말하지 말고 보여주라고 한다. 에세이를 쓸 때 보여주기와 말하기가 같이 들어가지만, 보여주기 방식으로 쓰는 게 더 번거롭고 어렵다. 직접 상상하고 머릿속에서 그린 다음 글을 쓰는 거니까. '동네에 개싸움이 났다'라고 적는 것과 '이빨을 드르렁거리며 눈을 부라리며 뒷발로 바닥을 긁으며 서로를 향해 달려갔다'라고 적는 것은 완전히 느낌이 다르다. 독자가 충분히 공감해야 할 부분일수록 보여주기가 들어가면 좋다. 보통 도입에서는 독자의 호기심을 유발하고 이목을 끌어야 한다. 사람으로 치면 '화장하기' 혹은 '주목!'하고 외친다든지, '차력 쇼'처럼 엄청난 장면을 보여주는 게 필요하기에 이때 보여주기를 활용하는 게 도움이 된다.

상황을 펼쳐지듯이 보여줄 때는 장면을 생생하게 그려야 하므로, 각각의 고유성을 살려주는 작업을 하면 좋다. 그냥 꽃이나 그냥 옷은 없다. 예를 들면 '꽃향기를 맡았다'가 아닌 '장미꽃 향기를 맡았다'라고 한다면 좀 더 생생하게 이 장면을 보여줄 수 있을 것이다. 장면에 숨결을 후~ 불어 넣자. '옷을 입었다'라고 하는 것보다 '그녀가 청바지를 입었다'라고 하는 게 좀 더 생생하다. 그 청바지에 대해 머릿속에 그려보라. 흰 티셔츠와 함께였나. 점프슈트였을까? 허리가 밴드였나, 벨트가 있었던가? 보여주듯이 글을 쓰려면 작가이기 이전에 화가가 되어야 한다. 충분히 머릿속에서 그림을 그리고 난 뒤 글로 쓰는 거다. 글 안에서 당신이 우연히 지나치다가 들른 곳이 병원이라면 그 동네에서 오래된, 간판에 붙은 전화번호가 흐릿해진 병원인지 아니면 얼마 전에 개업식을 한 흔적이 남아있는 병원 건물인지 적어준다면 독자는 훨씬 더 생생하게 장면을 그릴 수 있을 것이다.

　당신이 해야 할 일은 독자를 이야기 안에 넣고 잘 데리고 다니는 일이다. 마치 여행객을 데리고 다니는 친절한 가이드처럼 한 발짝 앞서 나가서 상황을 보여주는 게 필요하다. 독자에게는 늘 수많은 선택지가 있는데, 당신의 글을 읽어주니 얼마나 감사한가. 그러니 그 감각을 느끼게 해줘야 하지 않겠는가. 포근함, 개싸움 등 직접 연극처럼 보여줄 수는 없지만 적어도 독자의 머릿속에서는 하나의 장면이 될 수 있도록 작가가 노력해야 한다. 장면을 그린 독자는 훨씬 더 공감하며 당신의 글을 읽게 될 것이다.

예쁘게 쓰기가 아닌
리듬감 있게 써라

"리듬감이 좋아요."

리듬감이 좋다는 말은 주관적인 평가이다. 당신이 읽었을 때 리듬감이 좋다고 느껴진 글이 모두에게 그렇게 느껴지지는 않을 것이다. 엉망이라고 느껴졌던 화음이 누군가에게는 세상에서 가장 아름다운 소리로 들릴 수도 있다. 그렇지만 대부분 새소리는 아름답게 느끼고, 철로 벽을 긁는 소리는 아름답지 않다고 느낀다. 리듬감이 좋은 글도 마찬가지다. 글을 읽고 리듬이 참 좋네! 라는 느낌을 받았다면, 다른 누군가도 그렇게 느꼈을 확률이 높다. 리듬감이 좋은 글을 쓰는 방법 하나를 소개하자면 문장을 줄이거나 늘려보고 단어를 바꿔보는 것이다.

> 문장 - 그곳에는 무서워 보이는 사람들이 서 있었다.
>
> 변경 1 - 그곳에는 거친 수염을 가진 사람들이 서 있었다.
>
> 변경 2 - 그곳에는 있었다. 서 있기만 해도 무서워 보이는 사람들이.
>
> 변경 3 - 서 있기만 해도 무서워 보이는 사람들이 있었다. 바로 그곳에.
>
> 변경 4 - 눈썹이 진하고 수염이 도드라진 남자 몇몇에서 그 거리를 막고 있었다.
>
> 변경 5 - 어딘가부턴가 길은 사라졌다. 그 길에는 눈썹이 진하고 수염이 도드라진 남자 몇몇이 서 있었다.

글을 쓰려는 장면을 머릿속에 먼저 그림으로 그려본다. 그리고 그 상황을 기준으로 문장을 가지고 이리저리 조립해본다. 단어도 바꿔본다. 물론 이 놀이는 좋은 단어, 좋은 문장을 많이 접한 사람이 유리하다. 단어를 많이 접한 것이 어휘력 공부를 따로 하는 것보다 훨씬 더 글에 잘 활용할 수 있다. 이미 문장으로, 몸으로, 눈으로 단어의 활용을 체험한 거니까. 변경 1~5처럼 쓰고 난 뒤 소리 내서 읽어보자. 읽으면 어떤 문장의 리듬이 좋은지 스스로 느끼게 될 것이다. 시나 시조를 낭독하다 보면, 이 시는 정말 리듬감이 좋다는 생각이 들 때가 있다. 시에서 리듬감이 크게 작용하기는 하지만, 시가 아닌 어떤 장르라도 리듬감은 소리 내서 읽었을 때 더 잘 느껴진다. 문장을 이리저리 바꾸고 문단을 바꾸고 소리를 내서 읽었을 때 글의 연주가 얼마나 달라지는지 깨닫게 된다면, 당신은 글쓰기를 더 좋아하게 될 것이다. 단어, 문장 길이, 상황을 보여주는 태도, 이 모든 것들이 리듬감을 결정한다. 그리고 거기서 당신만의 리듬이 탄생한다.

예를 들면 이런 것이다. 얼마 전 나는 다른 지역에 강연하러 간 적이 있었다. 그때 묵은 숙소가 시내 근처라 시내를 한 바퀴 돌다가 옷 가게가 보여 운동복을 사려고 들어갔다. 한참 주인과 운동복 이야기를 하고 있는데, 다른 손님이 한 명 수줍게 들어와서 주인에게 마네킹 머리에 씌워져 있는 모자도 파는 거냐고 물어봤다. 그랬더니 주인의 대답이 뭐였던 줄 아는가.

"여기 나 빼고 다 팔제."

옷 가게 주인의 "여기 나 빼고 다 팔제"는 그 시장의 리듬이고 주인 아주머니의 리듬이다. 그곳의 리듬이다. 아마 다른 장소, 예를 들어 백화점에 가면 이렇게 말할 것이다.

"진열된 상품들은 모두 현재 판매되고 있습니다, 고객님."

당신의 글에는 리듬이 있는가? 자신만의 단어, 문장속도, 목소리가 있는가?

리듬감은 글을 살린다. 예쁘게만 쓰인 글은 죽어있다. 잘 쓰고 못쓰고를 떠나서 죽은 글은 아무 쓸모가 없다. 한 문장을 쓰더라도 문장을 요리조리 돌려서 써보라. 그리고 난 뒤 소리 내서 읽고 느껴보자. 그러면 리듬에 대해 알게 될 것이다. 글쓰기는 감각이다. 감각을 키우는 연습을 해야 글쓰기의 실력이 는다. 덧붙여 이 과정은 생각보다 재밌다!

한번 시작하면 끝까지 써라

글쓰기를 잘하려면 어떻게 해야 할까. 이 책을 포함해서 여러 가지 방법들이 시중 글쓰기 작법서에 잘 나와 있다. 그러면 반대로 평생 글쓰기를 못 하려면, 책 출간 근처에도 다가가지 못하려면 뭘 하면 될까. 아래에 적힌 A, B처럼 하면 된다.

A 써야 한다고 말만 하고 다닌다. 쓴다고 생각하거나 쓰고 싶은 기분에 사로잡히는 것까지 글쓰기 시간이라고 믿는다. 글쓰기를 좋아하는 사람들 틈 사

이로 모임에도 나가고 수업도 듣지만, 글은 쓰지 않고 그냥 말로만 한다. 말한 것 그대로 써도 한 바닥이 아니라 삼십 페이지는 쓸 것 같다는 생각도 들지만 결국 쓰지는 않는다.

B 한 편의 완성된 형태의 글이 아닌 끄적이는 형태의 글만 쓴다. 글을 쓰다가 어딘가에 제출을 해야 할 때는 결국 마음에 들지 않아 결말까지 쓰지 못한 채 제출 기한을 어긴다.

이 두 가지를 하지 않는다면 당신은 충분히 좋은 글을 쓰고 그 글로 책도 출간할 수 있다.

엉망진창 노래라도 직접 불러봐야 내 목소리를 알 수 있듯이. 글을 써야 내 글의 장단점을 알 수 있다. 지금 당장 문장이 나와야 그다음 줄에는 더 좋은 문장이 나올 수 있다. 더 좋은 문장이 나와야 더욱더 좋은 문장이 나오게 된다. 엉망인 문장을 먼저 써 내려가지 못하면, 좋은 문장은 영영 만날 수 없다. 앞서 시스템 만들기에서 게으른 시스템을 만드는 게 좋다고 말했다. 이런 분들은 애초에 글쓰기를 목표로 하는 게 아니라 노트북에 손가락을 올리기, 타자를 하나씩 눌러보기를 목표로 삼아야 한다. 그래야 쓰게 되고 일단 써야 한다. 써야 하는데, 말만 하고 몇 년째 글을 쓰지 않는 것은 글쓰기 초보자 중 가장 실패 확률이 높다.

가끔 끄적이는 형태의 글만 쓰는 사람이 있는데, 안타까운 마음이 든다. 나 역시 그런 경험이 많이 있다. 낙서광, 메모광에다가 일기도 17

년간 꾸준히 쓰고 있다. 그중 가장 완성된 형태는 일기이다. 그것은 나 자신을 알게 해주고 작가 체질화에 도움을 주긴 했지만, 글쓰기 실력을 높여주진 않았다. 스스로 노트를 넘겨봐도 처음이나 마지막이나 별반 차이가 없었다. 그런데 브런치스토리에서 작가가 되고부터 글 한 편을 어떻게 만드는지 구조를 고민하게 되었다. 고민하는 것만으로도 글쓰기 실력이 조금씩 느는 게 느껴졌다. 남의 글을 읽어도 그 글이 구조적으로 괜찮은지 괜찮지 않은지, 전달하려는 바가 제대로 전달되었는지, 문단마다 중심 내용이 있는지, 글의 개연성이 있는지 그런 것들을 점점 살피게 되었다.

글은 완성하는 과정에서 실력이 는다. 한 편의 글을 완성한다면 낭연히 한 권도 완성할 수 있다. 따라서 중간에 그만두지 말고, 마무리가 엉성하더라도 이게 끝, 하고 스스로 인정하는 완성의 글쓰기를 해야 한다. 이야기가 아주 재밌게 시작해서 흥미진진한 전개에다가 사건도 너무 신선하더라도 결말이 없다면, 그것은 완성된 한 편의 글이 아니다.

나는 성인 글쓰기 수업도 나가고 고등학교에도 수업을 나간다. 그래서 그들의 글쓰기를 모두 살펴본다. 당신이 생각했을 때 성인과 학생 중 누가 더 글을 잘 쓸 것 같은가?

나는 사실 처음 학생들의 글을 보기 전까지는 성인이 글을 더 잘 쓸 거라는 생각이 있었다. 그런데 학생들이 제출한 글을 보는 순간 내 고정관념이었음을 깨달았다. 학생들은 생각보다 훨씬 글을 잘 썼다. 특히나 이야기를 구성하는 능력이 뛰어난 친구들이 많았다. 그러나 회차를 거듭할수록 학생과 성인은 글을 마무리 짓는 능력에서 차이가 났다.

내가 진행하는 수업의 대부분은 일주일에 한 편의 글을 과제로 제출한다. 성인 중 90% 이상은 10회차, 혹은 6회차, 혹은 4회차 수업 내내 과제를 제출한다. 그러나 학생들은 더 잘하고 싶다며 과제 제출을 미루는 친구들이 종종 있었다.

글 한 편을 마무리 짓는 일은 쉬운 일이 아니다. 아무리 여러 번 봐도 우리가 쓴 글에는 분명히 단점이 있을 텐데, 그런 것을 인정하고 겸허하게 받아들이겠다는 뜻도 끝에는 포함된다.

글 분량이 많지 않더라도 중간에 잘린 붕 뜬 글 말고 어떤 방식으로든 마무리를 짓는 습관을 들이자.

친정엄마가 오늘 우리 집에 왔다. 갑자기 내게 청소를 왜 안 했냐며 화를 냈다. 나는 무슨 말을 해야 할지 몰라 눈만 껌뻑이다가 이내 주위의 것들을 주워 담기 시작했다. 엄마는 내게 왜 이렇게 화를 내는 걸까. 내가 무슨 큰 잘못이라도 저지른 기분이다. 아이를 셋 키우면서 집이 조금 더러울 수도 있는 거 아닌가? 잠자코 치웠지만 사실 엄마 말에 공감하는 것은 아니다. 엄마가 가고 나면 또 다시 펜을 들어야지. 그리고 이 이야기를 써야지. 글쓰기 선생님이 그랬다. 끝까지 써야만 실력이 늘 수 있다고. 중간에 멈춘 글이 있다. 마무리를 어서 짓고 브런치스토리에 올릴 예정이다. 청소는 안 하지만 연재는 밀리지 않는다. 엄마는 모르겠지만 난 늘 내가 정한 우선순위대로 내 노릇은 하고 산다!

이렇게 길지 않더라도 자기만의 방식으로 마무리를 지어야 생각하는 힘, 이야기를 끌고 나가는 힘 모든 것이 자랄 수 있다. 글다운 글은 끝까지 쓸 때 나온다. 그 글이 아닌 그다음 글이나 몇 년 뒤에 나오더라도 글다운 글이 나오려면 반드시 끝까지 써야 한다.

오늘 글을 썼는가? 끝까지 썼는가? 끝까지 쓰지 않았다면 단 한 줄이라도 더 써서 글의 마무리를 지어 보자. 당신이 글에서 끝을 낸 기억이 쌓일수록 글 실력은 올라가게 될 것이다.

글이 잘 써지지 않으면 중간부터 써라

누군가가 내게 물었다.

"작가님은 글을 쓰다가 안 써진 적은 없으신가요?"

"네. 저는 소재를 찾기 위해 고민을 한 적은 있어도, 글이 안 써진 적은 없었어요. 그게 그거일 수도 있겠네요. 하하."

나는 웃었지만, 곳곳에서 야유가 쏟아졌다. 내가 저렇게 말할 수 있었던 이유는, 글을 쓰는 데 크게 압박받아 본 적이 없었기 때문이다. 가령 몇 자 이상 쓴다거나 몇 월 며칠까지 몇 편의 글을 보내야 하는 압박을 느껴본 적이 거의 없다. 내 첫 책은 굉장히 긴 시간 동안 편집 작업을 했고, 편집자는 분량과 기한에 비교적 너그러웠다. 만일 에세이가 아닌 신문의 칼럼이었더라면, 분량을 채우느라 힘들었으리라. 아무튼 내가 잘 써서 그런 게 아니라 그냥 그런 것을 느낄 만한 상황이 없었던 거다.

그런데 한 가지 더. 내가 글을 쓰는 데 막히지 않았던 이유는 글을 중간부터 쓰기 때문이다. 나는 글을 쓰기 전에 생각을 충분히 한다. 연상하고 유추하고 통찰로 이어지는 과정을 오래 가진다. 그렇기에 쓸 내용이 대충 정해진 채로 책상에 앉는다. 그게 정해지지 않으면 언제까지고 걷는다.

생각의 틀이 정해지고 나서 자리에 앉으면 그때부터 글을 쓰지만, 순서대로 쓰진 않는다. 머리에 떠오르는 순서대로 글을 쓴다. 가령 사건이 '컵을 깬다'라면 커서를 글 중간까지 내려서 컵을 깬다는 것부터 쓴다. 그리고 마지막 내가 느꼈던 감정과 깨달음을 쓰고 다시 처음으로 올라간다. 조금씩 채워가며 글을 쓴다. 이렇게 쓰는 게 더 좋을 리 없지만 이렇게 써도 짧은 글일 경우 크게 상관이 없다. 어떻게든 내 이야기를 완성하면 된다.

당신은 글을 쓸 때 처음부터 끝까지 순서대로 쓰는가? 말이면 순서대로 해야겠지만, 글을 쓸 때는 내 것을 모두 활용해서 하면 된다. 글이 정말 안 써진다면 글의 내용을 친구에게 말하듯이 녹음해서 뼈대를 잡기도 하고, 인물에 엄마나 남편이 나온다면 엄마나 남편처럼 옷을 입거나 말투를 하면서 가닥을 잡아나가기도 한다. 글에서 배경이 되는 그때 당시 들었던 음악을 듣기도 하고 마셨던 음료를 먹기도 한다. 스무 살에 칸타타를 마시며 영화관에 들어설 때의 느낌이 적히지 않는다면, 요즘은 마시지 않는 칸타타를 들고 팝콘 냄새가 가득한 영화관으로 직접 간다. 뭐 어떤가? 내가 할 수 있는 한 많은 것들을 해본다. 그중 하나가 중간부터 쓰기인데, 중간부터 쓰기의 가장 큰 장점은 첫 문장의 부담을 비교적 덜 느끼게 된다는 거다. 내가 쓴 첫 문장이 첫 문장이 되지 않음을 스스로 아니까.

그러다가 마무리로 첫 문장을 쓰면서 도입을 적는다.

시간이 없을 때는 그런 식으로 스케치를 잡아놓고 카카오톡 나와의 채팅을 이용한다. 나와의 채팅에서 뼈대를 잡고 그 글을 브런치스토리 앱 안에 있는 저장 글이라는 임시저장소에 저장해놓는다. 그 뒤 아이를 보면서 시간이 날 때마다 한 글자씩 한 글자씩 고친다. 글은 이미 상승했다가 하강하는 모양새는 갖춰놓은 뒤이므로 중간중간 고치는 것은 시간이 걸릴 뿐 어렵지 않다. 글이 잘 써지지 않으면 중간부터 써라. 중간부터 써도 된다.

처음부터 순서대로 글을 쓰다가 막혀서 나는 정말 글쓰기를 못 한다고 자책하는 사람을 많이 봐왔다. 그건 순서대로 쓰는 걸 못 하는 거지 글쓰기를 못 하는 게 아니다. 글을 쓴 지 벌써 몇 년이 지나고 책도 출간하고 글쓰기 수업도 하고 있지만, 나 역시 중간부터 글을 쓸 때도 많다. 중간부터 글을 쓰면서 이런 생각을 한다.

'상관없는 것 아닌가?'

창작이란 어떤 방향으로 가는지보다는 무엇을 발견하는가가 더 중요하다고 생각한다. 발견했다면 담는 순서가 어찌 됐든 마지막 올릴 때 모양새가 중요하다!

오감을 활용하여
글쓰기를 해보라

글을 쓴 지 얼마 안 되었을 때 당신은 이런 경험을 하게 될 확률이 높다. 재밌게 써 내려가다가 중간에 갑자기 쓸 말이 사라지는 경험이다. 마치 슈퍼마리오 같은 게임을 하다가 갑자기 길이 사라지고 캐릭터가 앞으로 나아가지 못하는 느낌과 비슷하다. '내가 지금 어디로 가고 있는 거지? 무슨 말을 하는 거지?' 하는 생각이 들면서 글이 점점 메말라가고, 엉뚱한 곳에서 죽어가고 있다는 느낌을 받는다.

이렇게 되는 이유는 주제를 생각하지 않고 글을 써 내려가서이기도 하지만, 글을 쓴 지 얼마 안 된 분들의 경우 어깨에 너무 힘이 들어가 있거나 글에 추상적인 표현이 많아서일 때가 많다. 그러다 보면 그다음 문장이 이어지지도 않는다. 축축 처지다가 문장이 글 한가운데에서 결국 사망하게 된다. 아마 당신도 그런 적이 있을 것이다.

이때 당신의 글을 살리는 심폐소생술을 하나 소개하겠다. 일단 눈을 한번 감아보자. 하나 둘 셋, 자 이제 떠보자. 제일 먼저 뭐가 보이는가. 나는 여기 지금 리츠라는 과자 껍질과 커피잔이 보이고 A4용지 더미가 보인다.

당신은 지금 뭐가 제일 먼저 보이는가? 눈앞에 보이는 것을 한번 자세히 써보라. 글에 자꾸 추상적인 표현이 들어가게 될 때는 오감을 활용하는 글쓰기를 하며 글의 리듬감을 살릴 필요가 있다. 그중에서 가장 쉽게 할 수 있는 것은 시각을 활용한 글쓰기다. 내 수업을 들었던 분의 글을 하나 예시로 보여주겠다.

꼭 감은 눈앞은 검은색 색종이를 붙인 듯 어둠만 보이고 눈꺼풀을 힘껏 들어 올리니 밝은 빛을 비추는 유리창 너머로 힘차게 펄럭이는 깃발 3개가 눈에 들어온다.

잔잔하게 펄럭이다가 풀이 죽은 듯 주춤하다가 그리고는 태극 모양이 뚜렷하게 보이는 세찬 펄럭임에 나는 눈을 떼지 못하고 계속 쳐다보게 된다.

태극기 옆 초록색 깃발에는 무언가 쓰여 있는데 글자는 보이지 않고 길쭉한 연두색 원이 몇 개 그려져 있다. 지난번 갔다 온 친정집 동네 할아버지가 쓰셨던 모자 그림과 뚝 닮았다. 깃발이 계속 펄럭인다. 집으로 돌아갈 때는 점퍼 지퍼를 끝까지 올리고 모자를 쓰고 가야겠다.

이런 식으로 눈에 보이는 것에 집중하면서 최대한 보이는 대로 글을 한번 써보는 거다. 어디서든지 할 수 있고, 글도 다른 감각에 비교해 제일 쓰기 쉽다.

두 번째로는 청각을 활용한 글쓰기이다. 음악을 듣고 떠오르는 배경을 글로 써보는 거다. 음악이 어떤 음악인지 제목을 알지 못한 채로 들으면 더 효과가 있다. 왜냐하면 제목을 알고 들으면 틀이 생길 수 있으니까. 그래도 혼자 하려면 어떤 노래인지는 알고 들을 수밖에 없기에 그때 팁을 드리자면 제목은 알지만, 가사는 안 들리는 연주곡으로 하면 좋다. 가사가 들리면 또 거기에 집중하게 돼서 자유롭게 상상하는 데 방해가 될 수 있으니 말이다. 연주곡이나 영화 OST도 좋은데 보지 않은 영화 OST를 추천한다. 눈을 감고 그것을 듣고 내 머릿속에 그려지는 배경에 대해서 써보자. 나는 첫 책 대부분을 영화 「남과 여」 OST, 「러브레터」 OST, 무반주 첼로 3개를 번갈아 들으며 완성했다.

음악을 들으면서 배경 만들기는 극 중 분위기를 만드는 데 아주 큰 효과가 있다. 가령 「남과 여」 영화 OST를 들으면 영화와는 상관없이 연주곡만 들어도 아주 슬프고 위태위태한 일상이 머릿속으로 그려진다. 회색빛의 하늘도 그려진다. 음악을 들으며 배경을 쓰는 건 다른 감각보다 쉽지는 않지만, 다양한 이야기를 적을 수 있다.

촉각 역시 지금 당장 만져지는 촉감에 관해서 쓰면 된다. 책상이나 옷의 감촉 같은 것에 관해서 쓸 수 있고, 어떤 음식을 먹고 맛에 대해 적거나 음식의 냄새를 적으면 자연스럽게 후각과 미각에 대한 글쓰기도 할 수 있다. 이렇듯 시각 청각 촉각 후각 미각을 다 활용하여서 글쓰기를 한번 해보자. 무라카미 하루키의 『직업으로서의 소설가』에도 '이야기가 무거우면 무거울수록 자유로움은 멀어져 가고 풋워크는 둔해진다'라는 구절이 있다. 당신은 이런 활동을 통해 가볍게 글을 쓸 수 있게 될 것이다.

이러운 것을 쉽게 정리하는 게 글이다. 글이 어렵거나 재미없어서 축축 처지면 독자는 그 글을 따라가기를 멈춰버린다. 그렇게 되면 이미 글도 죽어있지만, 독자도 사라진다. 글쓰기는 저 멀리 어딘가에서 오는 게 아니다. 내 눈앞에 있는 레몬 사탕, 그것부터 시작한다. 가벼운 소재를 자유자재로 쓸 수 있을 때, 조금 더 무겁고 깊숙한 주제로까지 끌고 갈 힘이 생기게 된다. 오감 중에 하나를 골라서 글쓰기를 해보자. 어떤 감각이든 좋다. 이 방법으로 당신은 분명히 중간에 멈춘 글을 다시 살릴 수 있게 될 것이다.

감정과 판단의
이름표를 떼라

1. 그의 회색 외투는 보풀이 많았고 소매 단이 뜯어져 있었다.

2. 그의 회색 외투는 보풀이 많았고 소매 단이 뜯어져 있었다. 그는 가난했다.

3. 해가 조금씩 기울자 하늘이 주황빛으로 물들었다.

4. 해가 조금씩 기울자 하늘이 주황빛으로 물들어져서 슬펐다.

1, 2, 3, 4 중 이름표를 붙인 글은 어떤 글일까? 정답은 2번, 4번이다.
'슬프다', '기쁘다', '측은하다', '가난하다'라는 단어는 글쓴이가 직접 붙인 감정과 판단의 이름표다.

소설보다는 에세이에서 자신의 감정에 대해, 혹은 판단한 것에 대해 바로바로 이름표를 붙이고는 한다. 그게 잘못되었다는 건 아니다. 이름표가 있어야 독자 역시 정확하게 상황을 이해하고 감정을 알 수 있다. 다만 모든 부분을 그렇게 적는 건 추천하지 않는다. 독자는 이름표가 무수히 박힌 글보다 상황을 보여주는 글을 흥미 있어 하기 때문이다.

그렇지 않다면 수많은 드라마, 영화, 연극에서 인물이 나와 그 상황을 보여줄 필요가 있을까? '철수와 영희가 밥을 먹었습니다'라고 말해주는 해설자만 있으면 세상의 모든 이야기는 전달될 수 있는데 말이다.

독자는 모든 상황을 직접 눈으로 보고 싶어 한다. 등장인물이 밥을 먹는다면 밥 먹은 상황을 독자도 생생하게 겪고 싶어 한다. 영화나 드라마에서 인물이 연기를 하고 있다는 것은 세 살 꼬마가 아닌 이상 다 알지만, 기꺼이 푯값 혹은 시간을 투자한다.

독자에게 흥미로운 글을 쓰려면 어느 정도는 툭, 하고 상황만 던져 놓는 게 필요하다. 어쩌면 조금은 불친절한 게 필요하다는 거다. 감정과 판단의 이름표를 붙이는 순간 독자는 이름표 뒤에서 글을 본다. 당신이 이름표를 붙이지 않으면 직접 상황을 목격한다. 더 재밌는 것은 어떤 건가.

이 차이를 알고 당신이 쓴 글에도 이름표를 단 부분이 있다면 한두 개만 빼보자. 성찰이 주를 이룬 성찰 에세이에 모든 이름표를 뺄 수는 없지만, 성찰 에세이일수록 무심한 듯 툭, 놓여 있는 하나의 장면은 힘이 있다. 상황을 보여줘라. 이 말은 이렇게도 해석된다. 독자를 가르치려 하지 말고 믿자. 이름표 같은 거 없어도 독자는 재밌게 글을 읽을 수 있다.

퇴고의 세 가지 원칙

　글을 다 썼다면? 이제부터 진짜 시작이다. 자신의 글을 조금 더 나은 글이 될 수 있게끔 고칠 거다. 즉, 퇴고를 할 것이다.

　퇴고할 때 자칫 잘못하면 문장 안에 단어만 변경하게 된다. 그러나 첫 번째 퇴고를 할 때는 글의 전체적인 분위기를 봐야 한다. 글의 흐름이 맞는지를 살펴보는 것이 단어를 고치는 일 보다 우선되어야 한다. 이때 필요한 것은 프린터이다. 인쇄된 종이는 마치 다른 사람이 쓴 글처럼 다가온다. 다른 사람의 시선으로 보면 글에 무엇이 문제인지 스스로 많은 부분을 볼 수 있게 된다. 특히 인쇄된 종이로 보면 문단끼리 서로 잘 연결되었는지, 이 글이 주제와 맞는 에피소드로 쓰였는지 같은 큰 틀을 보는 데 도움이 된다. 전체를 쭉 보면서 스스로 주제를 한 줄로 요약해보고, 그 글의 기승전결을 직접 표시해 보자.

이야기 장수는 독자에게 이야기보따리를 풀기도 하지만, 나중에 이 것을 묶기도 해야 한다. 이야기를 잘 펼치기만 하고 그 글의 의미나 결론을 적지 않는다면, 그것은 이야기를 잘 묶지 않는 거다. (물론 의미나 결론을 적는 방법은 다양해서, 꼭 직접적으로 적지 않고 묘사를 통해서도 가능하다) 결국 글을 점검할 때 이런 구조가 적절한지 살펴보는 것도 작가의 일이다. 당신 스스로 글을 펼칠 때 잘 펼치고 묶을 때 잘 묶었는지 한 번 더 확인해보자. 그리고 글에 당신만의 시선이 잘 묻어나 있는지 살펴보아야 한다. 전달하고픈 메시지가 잘 담겼는가? 우리는 때때로 글 안의 에피소드에는 도둑질하지 말자는 내용의 글을 쓰고, 성찰이 담긴 마지막 단락에서는 남 일에는 무관심하도록 하자라는 다소 주제와 어긋난 이야기를 하기도 한다. 사건을 겪고 내가 느낀 감정은 당연히 사건과 연결되어야 한다.

두 번째 퇴고할 때는 조금 더 세부적인 것들을 고친다. 이때 그 글을 소리 내서 읽으면 도움이 된다. 우리가 태어났을 때를 생각해보자. "응애" 하고 소리치며 태어났지, '응애'를 글로 적으며 태어나지는 않았다. 초등학교에 들어가서도 우리는 "철수와 영희가 학교에 갔다"라는 문장을 읽는 것부터 했다. 그래서 왜 '철수와 영희'에서 중간에 '와'가

붙는지 '학교에'에서 왜 '에'가 붙는지, 조사에 대해 정확히는 몰라도 어렴풋이 맞는 문장을 맞는다고 느낀다. 독서를 많이 한 사람일수록 이 감각이 좋을 것이다. 내 글을 소리 내서 읽어보면 단어 하나, 조사 하나, 비문인 것은 뭔가 이상하다고 느낄 수 있게 된다. 소리 내서 읽으며 문제점을 찾아내자. 수십 번 반복하다 보면 모든 비문을 다 찾지는 못해도, 조금 더 나은 글이 될 수 있다.

스스로 글을 몇 번씩 정리하고 나면 세 번째로 당신은 다른 사람의 눈을 활용해도 좋다. 누군가에게 내 글을 보여주고 피드백 받자. 가족이나 선생님, 혹은 글쓰기 친구가 될 수도 있다. 그들이 어떤 이야기를 해주면 당신이 할 대답은 정해져 있다.

"고마워. 네 의견이 정말 도움이 된다. ~부분이 그렇구나. 집에 가서 한 번 더 살펴볼게."

다른 말은 할 필요가 없다. 이건 네가 제대로 읽지 않아서, 그런데 주인공의 행동은 여기에 의미를 숨겨놨어! 혹은 이 말은 그 뜻이 아니야 등 변명을 할 필요가 없다. 화를 내거나 기분이 나쁜 티를 내면 더 최악이다. 반박하지 말고 그냥 듣자.

그냥 듣는 것도 연습이 필요하니, 그걸 연습 중이라고 생각하고 잠자코 들어라.

그리고 집에 가서 원고를 체크할 때 다시 한번 더 그 부분을 살피고, 당신의 의견대로 하고 싶다면 피드백을 받아들이지 않아도 된다. 선택은 피드백해준 사람에게 있는 게 아니라 당신에게 있다. 당신의 이름을 달고 나올 책이니까.

　당신이 글에 담은 의미를 읽는 모두가 다 알아주고 헤아려주는 일은 생기지 않는다. 대신 피드백을 잘 들으면 사람들은 더 많은 평가를 편하게 해줄 것이다. 그 과정에서 생각지 못한 깨달음을 얻을 수 있다. (피드백이 다 공감 가지는 않겠지만, 한두 가지 보물이 숨겨져 있다)

　정리하면 다음과 같다. 첫 번째, 원고를 프린트해서 보고 두 번째, 소리 내서 읽자. 세 번째, 퇴고 후 다른 사람의 의견도 참고해서 들어보자. 세 가지를 몇 번이고 반복하자. 반복하는 사이 초고는 완전히 다른 글로 재탄생하게 될 것이다. 구조와 강약 조절이 잘된, 어딘가에 내놓을 수 있는 모양새를 갖춘 글로 말이다.

Chapter 07

글쓰기를 활용해서
월 100만 원 벌기

- 출간 후 인세, 그리고 원고료 받기

- 오프라인 강의하기

- 원고 응모하기

- 온라인 강의 제작 후 판매하기

- 실시간 줌 강의 제작하기

- 모임과 커뮤니티 활용하기

- 출판 컨설팅하기

출간 후 인세, 그리고 원고료 받기

1) 인세(저작권료)

당신의 이름이 박힌 저서가 세상에 나오게 된다면 그 책으로 먹고 살 만큼 벌 수 있을까?

기획출판으로 책을 출간하게 되면 인세(저작권료)라는 것을 받는다. 인세는 책값에서 6~10% 정도로 정산된다. 1쇄를 다 판매한 후 1쇄에 해당하는 인세를 주는 곳이 있고, 1쇄를 찍고 바로 1쇄 본의 인세를 주기도 한다. 그리고 쇄와 상관없이 3개월, 6개월마다 한 번씩 정산해서 주는 곳도 있고, 1쇄 때는 1쇄 본의 인세를 책이 팔리기 전 미리 주고, 2쇄부터는 한 달에 한 번씩 정산해주는 출판사도 있다. 이 외에도 출판사에서는 다양한 방식으로 인세를 지급한다. 따라서 계약서에 적힌 사항을 올바르게 이해하고 출판사가 그대로 하는지 살펴보면 된다. 이해가 안 되는 부분이 있다면, 바로 계약하지 않고 소통 후 계약하는 게 가장 깔끔하다.

그러면 실제로 계산해보자. 당신이 출간한 책값을 15,000원으로 잡고 인세가 8%이고 1,000부를 찍었을 때 정산금은 얼마일까? 세금을 제외하고 한 부당 1,200원이 나온다. 1,000부가 모두 다 팔리면 120만 원이다. 1년 동안 책을 한 권 작업했다면, 당신에게는 한 달 평균 10만 원꼴로 책으로 인한 수익이 생기는 것이다. 치킨 한 마리에 3만 원이 되어가는 시대니 이 금액이 많다고 보기는 어렵다. 물론 몇 안 되는 베스트셀러 작가의 경우는 선인세만 해도 몇억을 받는다고 하니, 그들의 경우는 예외로 하겠다.

만약 당신이 한 달 만에 원고를 완성한다면 얼마를 벌 수 있을까? 그 뒤 출판사에서 교정, 교열하고 표지를 정하고, 인쇄를 하는 데만 빨라도 두 달이 넘게 걸린다. 글쓰기부터 출간까지 석 달은 걸리는 셈이다. 물론 석 달 역시 말도 안 되는 속도지만, 그렇게 꾸준히 책을 출간한다고 하더라도 일 년에 4권. 한 달에 인세로 버는 금액은 대략 40만 원이다. 일 년에 네 권의 책을 출간하려면 거의 인간이기를 포기한 생활을 해야 하는데, 그 대가로 40만 원은 너무 적은 금액이라는 생각이

든다.

인세로 버는 돈은 적지만, 당신이 글을 활용해서 돈을 벌 예정이라면 꼭 출간 작가가 되라고 말해주고 싶다. 세상에는 책을 출간하지 않았을 뿐 글을 잘 쓰는 사람이 많다. 그러나 그것을 세상에 증명하는 건 또 다른 문제다. 이때는 책 출간이 답이다. 자신의 글을 증명할 방법 중 가장 공신력 있고 힘이 센 게 지금까지는 출간이다. 출간해야 주변 사람들은 비로소 작가로 인정해 준다. 출간 작가가 되어야 글로 돈 벌기가 쉬워진다.

글로 돈을 버는 첫 번째 방법은 인세를 받는 것이다. 인세는 얼마 되지 않지만, 글로 돈을 버는 가장 기본이 되는 돈이다. 단지 출간 작가가 되기만을 위해 달려가는 것은 반대하지만, 반드시 출간 작가가 되라고 권하고 싶다. 특히나 계속 글로 돈도 벌 거라면 말이다.

2) 원고료

두 번째 글 값, 즉 원고료로도 돈을 벌 수 있다. 글 값은 요즘 여러 곳에서 받을 수 있다. 인터넷 신문인 오마이 뉴스 시민기자가 되어 글이 선정되면 기사 한 편당 원고료를 받을 수 있고, 블로그에서 기자단, 서포터즈 단으로도 원고료를 받을 수 있다. 그 외 잘 키운 SNS 같은 경우 물건을 홍보하거나 판매하는 글을 써주는 대가로 원고료를 받기도 한다.

온라인 잡지사나 오프라인 잡지사에서 제안이 오기도 하고 기업체 블로그에 올라갈 글을 써달라는 제안이나 문예지에서 원고 청탁이 오기도 한다. 원고료는 글쓰기로 돈 벌기 중 인세를 제외하면, 가장 글쓰기 자체로 돈을 벌 수 있는 '정체성 있는 돈 벌기'라고 말하고 싶다. 당연히 글을 쓰는 사람은 글 값을 받는 게 제일 기분이 좋은 일일 게다. 다만 이런 일들이 꽤 단편적이고, 갑자기 사라지는 곳들도 많으며, 가만히 있으면 기회조차 다른 것에 비해 많이 오지 않는 게 아쉬운 일이다.

그러면 원고료를 받으려면 어떻게 하는 게 좋을까.

원고료를 받기 위한 전략은 첫 번째로 문학을 하는 사람이라면 신춘문예를 통한 등단을 노려볼 만하다. 사실 신춘문예를 통해 등단한다는 건 그리 쉬운 일이 아니다. 출판사 관계자의 말에 따르면 쉬운 일이 아닌 만큼 작은 신문사일지라도 등단하면 그때부터 원고 청탁이 꽤 들어온다고 한다. 원고료를 받는 전통적인 방법이라고 할 수 있다. (작은 문예지를 통해 등단했을 때는 문예지를 일정 부수 이상 사야 된다고 강요하는 곳도 있으니, 당선이 되더라도 꼼꼼히 잘 살펴보도록 하자)

둘째, 자신이 쓰려고 하는 분야의 전문지식이 있는 글을 브런치스토리나 블로그에 꾸준히 발행하면 그 분야의 원고 청탁이 들어올 확률이 높아진다. 예를 들어 내가 일상 에세이를 쓰는 글쓰기 강사라고 하면, 일상 에세이보다는 글쓰기에 관한 전문 내용을 쓰는 거다. 그리고 IT 계열 회사에 다닌다면 회사에 관한 이야기를 쓰고, 의사라면 병원

이야기나 여러 가지 병에 관한 이야기를 쓰면 좀 더 연락이 올 확률이 높다. 당신이 원고료를 노리고 글을 쓴다면 '전문 분야'가 유리하다는 거다. 꼭 희소성 있는 분야가 아니라도 된다. 다이어트 분야, 음식 분야도 괜찮다. 내가 어딘가에 다녀온 소감 위주의 글보다는 '다이어트 할 때 도움이 되는 방법'이라든지 한 가지 카테고리를 골라서 사람들에게 필요한 정보성 글을 쓰는 게 원고 청탁이 들어올 확률이 높다.

그럼, 원고료는 얼마를 받을 수 있을까? 문학 쪽 원고료는 출간 작가 기준으로 원고지 1매당 5,000원 정도가 최저이다. 그럼, A4 1장당 원고지로 8~10매 정도가 되니 A4 1장에 5만 원이 되는 셈이다. 조금 큰 잡지사의 경우 원고지 1매당 2만 원, 즉 A4 1장에 20만 원 정도 주기도 하니 잘 확인하고 받도록 한다. 또한 크몽, 숨고 같은 재능기부 사이트에 당신을 글쓰기 분야의 전문가로 등록해놓으면, 종종 글을 써달라는 문의를 받기도 할 것이다. 이런 곳은 글 한 편당 받는 돈이 천차만별이니 처음에는 시세를 확인한 뒤, 그보다 조금 저렴하게 받아서 좋은 후기를 쌓아가는 것도 하나의 방법이 될 수 있다.

원고료라는 것은 꾸준히 글을 썼을 때 얻게 되는 행운 같은 것으로 생각한다. 거꾸로 말하면 꾸준히 글을 써야지만 얻게 되는 행운이다. 꾸준히 글을 쓰자. 찾고자 한다면 정말 다양한 방식으로 글 값을 벌 수 있다. 원고료는 온라인에서 당신이 발품을 판다면 정도에 따라 반드시 벌 수 있다. 금액이 많지는 않더라도 말이다.

오프라인 강의하기

1) 첫 강의를 하기 전에 해야 할 일

당신이 글쓰기로 돈을 벌려면 빠뜨리면 안 되는 게 강의다. 엄밀히 말하자면 강의는 글이 아닌 말과 글이 접목된 형태로 돈을 버는 거라, 글로 돈을 번다는 뿌듯한 마음은 덜할지라도 상대적으로 기회가 많은 시장이다.

먼저 강의료부터 말하자면 원고료처럼 강의를 주최하는 곳마다 다르다. 같은 장소라도 작년과 올해 금액이 달라지기도 한다. 교수신문

기사에 따르면 2023년 사립대 기준 강사료는 평균 1시간당 5만 6천 원이라고 한다. 공공기관이 아닌 회사나 기업의 경우 이보다 많은 금액을 주기도 하고, 강사의 역량에 따라 돈이 천차만별임을 알아두어야 한다. 확실히 강의는 고부가가치 사업이다. 준비하는 데 힘은 들지만 이쯤 살았으면 알 것이다. 힘들지 않은 일은 세상에 없다.

그럼, 책을 냈다면 누구나 강의할 수 있을까. 글이 쌓이면 누구나 가능할까. 당연히 아니다. 외부 강의는 강의를 요청받아야 할 수 있다.

강의를 요청받기 위해서는 당신이 유명해지면 된다. 영향력이 있다면 정말 좋다. 인플루언서인 데다가 책을 냈다면, 강의 의뢰가 쉽게 들어올 것이다. 또 원래 하던 업이 있고, 그 업에 관한 책을 출간했다면 더욱 유리하다. 부모 교육을 하고 있었던 사람이라면 그쪽 업계에서 알던 사람이 있을 거고, 관련 분야 저서까지 출간했다면 강의 의뢰가 올 수 있다. 의뢰가 오지 않더라도 강의 제안서를 넣으면 강의하게 될 확률이 높다.

당신이 나처럼 이도 저도 아닌 쪽이라면 강의를 하는 데 있어서 문제다. 나는 아이를 키우고 있지만 육아를 잘하는 것도 좋아하는 것도 아니니 육아 쪽 이야기를 해달라고 초청받지도 않을 것이고, 창업에 성공한 적이 없으므로 관련된 이야기도 할 수 없다. 내 첫 책은 이십 대부터 삼십 대까지 실패한 나의 기록이다. 주제도 주제지만 스펙이 이렇게 없는 사람이 강의할 일은 많지 않다. 결국 스펙이 없는 사람이 강의하려면 여러 곳에 제안서를 넣고, 이미 들어온 강의를 잘하는 것밖엔 증명할 길이 없다.

전국에 대형서점, 작은 서점, 그리고 도서관은 얼마나 많은가. 구립도서관, 시립도서관은 물론이고 동네의 작은 도서관도 놓치지 말고 강의 제안서를 넣어보자. 백화점도 여러 개인데, 그 백화점이 운영하는 문화센터도 노려볼 만하다.

나는 출간 후 얼마 되지 않아 기획서를 잘 쓰는 동료 작가와 지역 도서관에 강의 제안서를 몇 군데 넣었지만, 아무런 연락을 받지 못했다. 그다음으로 백화점 문화센터 몇 군데에 넣었는데, 강의 제안서를 모두 받아주었다. 열심히 강의를 준비했지만, 아쉽게도 모객이 되지 않아 폐강되었다. 그렇게 백화점 강의에 실패하면서도 꾸준히 다른 곳에 제안서를 넣었다. 작은 서점이나 도서관 같은 곳들에 말이다. 일단 넣어보자. 넣다 보면 제안서 만드는 법도, 강의하는 법도 강의를 홍보하는 법도 늘게 될 것이다. 아마도 나 역시 백화점 강의가 모객이 잘 되었더라면, 홍보에 조금은 뒷짐 지고 있었을지도 모른다. 혹은 내가 알던 방식, 하던 방식으로만 했을 것이다. 모객이 안 된 덕분에 난생처음 인스타 스토리에도 올려보고, 피드에도 올리고, 브런치스토리에도 올리고, 단톡방에도 모두 공유하고, 내가 할 수 있는 방법을 총동원해 홍보하게 되었다. 그 결과 첫 책 북토크를 초등학교, 인문학 카페 두 곳에서 열게 되었다. 출판사와는 상관없이 이룬 성과였다. 출간 6개월 후부터는 다른 지역에서도 줌을 통한 온라인 글쓰기 수업 의뢰가 들어왔다. 상상도 못 한 일이었다.

당신이 글쓰기를 시작했다면, 그것을 활용할 수 있는 곳이면 어디든 활용해서 돈을 벌자. 당신이 출간한 책은 이력서에 적고 내세울 만한 '자격증' 정도는 된다. 그러니 내 자격증이자 생산품을 활용하자. 꼭 강의해서 돈을 벌라는 것이 아니다. 문제는 '활용하겠다는 마음', 그리고 '뭐라도 시도해보는 용기'이다. 언제나 기회는 근처에 있고, 정말 난 안 되겠다고 하는 순간에, 딱 떨어진다. 단, 당신이 제안서를 많이 들이밀었을 때의 얘기다.

2) 오프라인 강의 준비하기

① 강의 구조 짜기

당신이 만약 강의를 처음 해본다면 제일 먼저 할 일은 강의안을 만드는 거다. 강의안을 만들 때는 책을 기획할 때와 같이 목차가 중요하다. 즉 이 강의가 어떤 식으로 이루어져야 하는지를 잡아나가는 게 무엇보다 중요하다. 강의 뼈대를 먼저 그려본다. 그러기 위해 시작, 중간, 절정, 마무리, 이런 식으로 강의의 흐름을 잡으면 좋다. 예를 들어 글쓰기 강의를 한다고 하면 글쓰기에 관한 공감 포인트와 듣는 사람이 할 수 있을 것 같은 동기를 유발하는 이야기를 먼저 해야 한다. 공감 형성이 되지 않은 상태로 무작정 강의 1부터 10까지 글을 잘 쓰는 팁으로만 채우는 것은 곤란하다. (이걸 잡는 게 어렵다면, 해당하는 내용의 다른 강사가 진행하는 강의를 들어보고 참고해보는 것도 도움이 된다) 강의 본론은 구체적인 방법 즉, 학습 목표에 해당하는 중심적인 이야기를 하고, 강의 시간이 끝나갈 무렵에는 배운 내용을 한 번 더 정리해주고, 이 내용을 배운 이유에 관한 내용이 간단히 나올 수 있게 PPT를 구성하면 좋다.

② 시연하기

당신이 강의에 익숙한 사람이라면, 지금 이 부분을 읽지 않아도 좋다. 하지만 경험이 많지 않다면 지금부터 아주 집중하자. 이 방법으로 나는 강의가 많이 늘었다.

내가 할 강의를 최대한 실제처럼 시연해본다. 줌이라면 화면 녹화를 하고 실제 방송이나 오프라인 강의라면 휴대폰 카메라로 녹화한다. 녹화가 끝난 후 다시 보면서 이상한 부분을 점검한다. 대여섯 번을 반복하다 보면 해가 질 정도로 시간이 많이 소요되지만, 문제점을 빠르게 고쳐나갈 수 있다. 또 반복해서 연습해보면, 말을 외우진 못해도 말하는 속도를 외우게 된다. 속도를 외우면 아무리 긴장한 상황에서도 내가 했던 속도대로 말을 하게 된다. 자신도 모르게 말이다. 혹시 당신이 나처럼 그 어떤 스펙도 없는 상태로 책만 출간하게 된 경우라면, 이 방법으로 무조건 열심히 연습해보자. 나는 강의료를 떠나서 한 번의 강의 기회를 대충 떠나보내는 사람을 볼 때마다 너무 안타깝다. 조금만 준비했더라면 더 잘할 사람인데, 그 조금 준비를 안 해서 보통으로 마무리하는 거다. 강의는 잘해야 한다. 보통으로 해서는 안 된다. 스스로 생각했을 때 만족스러운 정도가 되어야, 강의를 주관하는 곳이나 주최자가 다시 또 나를 강의자로 부르거나 다른 곳에 추천도 한다. 스펙이 없거나 강의 경력이 짧다면, 이런 식으로 자신을 스스로 증명하며 앞으로 나아가야 한다.

③ 강의 시작 후 10분 황금 시간을 활용하기

처음 강의 무대에 섰을 때가 중요하다. 당신은 단상 혹은 무대 중앙에 서자마자 허리를 숙임과 동시에 "안녕하세요"를 한다. 긴장된 나머지 아주 빠르게. 그러면서 그 뒤 스텝이 다 꼬이게 된다.

이렇게 되지 않기 위해 강의할 때 내가 추천하는 인사는 이것이다. 시작하자마자 허리를 숙여 인사를 한다. 그럼, 사람들이 손뼉을 친다. 허리를 올리고 청중을 바라본다. 바라볼 때 그들을 3분의 1로 나눈다. 오른쪽, 왼쪽, 가운데 순서대로 나눠서 세 번을 쳐다본다. 그리고 난 뒤 가운데에 누군가 한 명을 바라보고 "안녕하세요" 하고 인사를 시작하면 된다. 이렇게 시선 마사지를 하며 살짝 뜸을 들이면 조금 더 청중이 집중하게 되고, 나 역시 말을 하는 내 속도를 찾게 된다.

인사를 하고 몇 마디를 나눈 뒤 본격적인 강의에 앞서 강사소개를 먼저 해야 한다. 내가 이 강의를 할 만한 사람인지를 말해야 한다. 자랑하기 위함이 아니라, 그 권위로 인해 끝까지 강의에 사람들이 집중할 수 있도록 하기 위함이다. 누가 강의를 할 때 강사소개도 안 하고 시작하겠어, 라고 생각할 수 있지만 나의 강의 경력이 지금보다 적었을 때 부끄러워서 못 했던 적도 있었고, 실제로 잊어버려서 못 한 적도 있었다. 꼭 잊지 말고, 당당하게 강사소개를 하도록 하자.

④ 친절한 마음을 가지기

최근 지식을 얻을 수 있는 길이 넓어졌다. 유튜브에 검색만 해도 정보가 다 나오는 세상이다. 그런데 사람들은 왜 굳이 당신의 강의를 듣자고 이렇게 책상 앞에 앉아있을까? 이미 다양한 지식이 세상에 나와 있기에 강의를 하는 사람은 자신을 단순히 지식을 전달하는 사람이 아닌 이 강의로 인해 뭔가 할 수 있겠다는 마음을 심어줘야 하는 사람이라고 생각하는 게 좋다. 그리고 최선을 다해 그들이 불편한 것은 없을까 살펴봐야 한다. 마치 당신의 집에 놀러 온 손님을 대하듯 친절한 마음으로 다가가야 강의를 오래 즐겁게 할 수 있다.

강의는 하는 사람이 즐거워야 하고, 듣는 사람이 즐거워야 한다. 코미디언처럼 재밌는 개그를 하라는 게 아니다. 당신은 강의를 듣는 사람들과 웃고 그 시간을 진정으로 즐겨야 한다. 그리고 그들에게 감사한 마음을 가진다. 그 사람들이 내 강의실에 들어와서 신발이나 외투를 벗을 때, 마치고 난 뒤 끝인사를 할 때, 그 모든 경험이 내 강의에 대한 경험으로 그들에게 남는다. 무대마다 강사가 할 수 있는 역할에 조금씩 차이가 있지만 처음부터 끝까지 종합 서비스를 진행한다는 생각으로 최선을 다해 친절하게 대하도록 하자.

원고 응모하기

글을 쓰고 난 뒤 제일 쉽게 할 수 있는 일은 원고를 응모하는 일이다. 각종 문예지나 공모전, 문학상, 그리고 좀 더 가볍게는 라디오 사연 응모하는 것을 할 수 있다. 이것들을 쉽다고 말하는 이유는 당신이 글쓰기를 좋아하기에 다른 일보다는 글을 응모하는 마음을 먹기가 상대적으로 쉽다는 의미다.

요즘에는 SNS에 자신의 글을 올리는 사람은 많지만, 각종 대회나 공모전에 글을 넣어보는 건 잘 하지 않는 듯하다. 내 경험에 비춰보면 원고를 응모하는 것은 꾸준히 글을 쓸 수 있게 해줘서 글쓰기가 멈추는 걸 막아준다. 나 역시 출판 관련 공모전을 준비했었고, 문예지나 각종 문학상에 응모한 적이 있다. 브런치북 프로젝트에도 응모했고, 지역 은행에서 주최하는 백일장에도 응모했다. 결과는 어떻게 되었을까? 다 떨어졌다. 떨어진 직후에는 시간을 하나도 보상받지 못했다고 생각했지만, 오히려 그다음을 준비하는 계기가 되었다. 그리고 글을 잘 써야 한다는 강박에서 벗어나 더 자유롭게 쓸 수 있게 되었다.

대회에 떨어진 어느 여름, 그 여름을 아직 기억한다. 오랜만에 친구를 만나 친구에게 내가 공모전에 떨어진 이야기를 하고 난 뒤, 아이스 아메리카노를 단숨에 들이켰다. 다음날이 여름휴가였다. 나는 침울하게 여름휴가를 보내게 되었다고 생각하며 의미 없이 카톡을 켰다. 그런데 그 당시 내가 다니고 있던 세바시대학에서 새로운 프로그램을 통해 세바시 무대에 오를 강연자를 찾고 있었다. 강연할 원고를 제출하면 응모가 되는 거였다. 순간 번뜩하는 생각이 들었다. '딱 한 번만 더 도전해볼까?' 글 한 편, 강연할 원고 정도는 금방 만들 수 있을 것 같았다. 그때 바로 남편에게 전화해서 양해를 구하고 호텔 방 예약을 했다. 그리고 친구와 서둘러 헤어지고 그 방에서 1박 2일 동안 원고를 준비해서 응모했다. 그러고는 잊고 일상을 보내고 있을 무렵, 세바시 카톡방에 내 이름이 담긴 링크가 떴다.

'8월 세바시 인생 질문 스피치의 주인공 김필영'

드디어 나는 세바시 강연자가 될 수 있었다. 그때 내가 각종 문학상에 떨어졌다고 계속 침울해 있었더라면 어땠을까. 아무런 가능성도 없었을 것이다.

세바시는 늘 원고를 받는 게 아니니, 하지 않더라도 주위를 조금만 둘러보면 많은 기회가 있다. 내가 지도한 학우 중에서 글쓰기 수업을 듣고 라디오에 사연을 보냈는데, 두 번이나 당선되어 상품을 받은 사람도 있고, 각종 백일장에 나가서 상을 받은 사람도 여럿 있다. 물론 받을 수도 있고 못 받을 수도 있다. 중요한 건 그런 이벤트로 인해 우리가 좀 더 글을 쓰게 된다는 거다. 스스로 더 업그레이드할 수 있는 도구로 공모전을 활용하자.

문학상이나 공모전은 대개 상금이 있다. 그러니 당선이 된다면 상금을 받을 수 있고, 라디오 사연 역시 상품이 있다. 분명한 사실 한 가지는 이것이다. 원고를 응모하는 일은 내가 조금 번거롭고 지치는 일이지, 전혀 할 수 없는 일은 아니다. 당선확률은 낮지만, 그것 역시 0%는 아니다. 이것만으로도 당신이 시도해야 할 의미는 충분하지 않을까.

온라인 강의 제작 후
판매하기

1) VOD 판매, 이 시대 최고의 고효율 활동

요즘 온라인 강의 시장이 정말 뜨겁다. 너무 많아진 게 아닐까 싶을 정도로 사이트가 늘어났다. 온라인 강의 사이트는 클래스101, 클래스유, 패스트캠퍼스, 세바시랜드, 라이프해킹스쿨, 크몽, 인프런, 베어유, 에듀캐스트, 탈잉 등이 있다. (그 밖에도 정말 많다) 사이트마다 성격이 다르고 이용 방법도 조금씩 다르기에, 강의를 올리고 싶다면 미리 들어가서 한번 살펴보길 권한다.

대부분의 온라인 강의 사이트에는 진입장벽이 있다. 강의를 올리고 싶다고 해서 모두가 올릴 수 있는 것은 아니다. 당신의 강의를 들을 사람이, 혹은 기다리는 사람이 많다는 것을 증명해야 한다. 거기서 힘들다고 느끼는 사람이 많다. 그러나 잘 찾아보면 조금 쉽게 시작할 수 있는 사이트도 있다. 내가 생각하기에 비교적 접근성이 좋은 강의 사이트는 클래스유와 크몽이다. 클래스유의 경우 강의를 개설하고 싶으면 홈페이지에 들어가 강의 개설하기를 누른다. 그러고 나면 담당 매니저가 1대 1로 배정되어 개설을 도와준다는 문구가 뜬다. 만들기를 누르고 질문에 대한 답을 다 보내고 나면, 해당 매니저가 카카오톡으로 연락이 온다. 그렇게 매니저와 함께 기획해서 만들어가면 된다. 물론 당신에게 콘텐츠는 있어야 한다. 크몽의 경우는 10분 이상의 영상 1개만 있어도 업로드가 가능하다. 또한 크몽에 올린 영상은 다른 곳에다가 올려도 된다고 한다. 한마디로 저작권 독점이 아니라는 얘기다. (반대로 다른 곳에 올린 영상을 크몽에 올리는 것은 다른 곳 저작권에 문제의 소지가 있으므로 하지 않도록 한다) 수요조사도 없다. 그래서 마음먹었을 때 바로 시작할 수 있는 가장 빠른 강의 사이트는 크몽이니, 당신도 도전하길 바란다.

영상 촬영과 편집을 직접 한다고 하면, 아마도 영상을 만드는 동안은 시간이 오래 걸리고 힘들 것이다. 대부분 강사는 이 과정이 힘들다고들 말한다. 기획을 해서 한 편도 아니고 여러 편의 영상을 찍고 편집하는 과정은 당연히 쉽지 않다. 그러나 다 찍고 나면 한동안 고객 맞춤 솔루션이나 피드백이 예약되어있지 않은 경우, 댓글 정도만 관리해주면 되고 특별히 할 일이 없다. 아무것도 하지 않아도 돈이 들어오는 거다.

나 역시 온라인 VOD(Video On Demand)를 세바시랜드에서 판매하고 있다. 이 영상은 내가 직접 촬영한 것은 아니고, 세바시에서 진행하는 세바시랜드 티처 공모전에 당선되어 제작한 경우다. 이 같은 경우 촬영 장소를 무료로 대여해주고, 장비도 있고, 심지어 촬영도 모두 해주니 정말 간단하다. 안타깝게도 두 번째 공모전은 현재까지 계획이 없다고 하지만, 이 공모전이 아니더라도 앞서 언급한 온라인 강의 사이트 중에서 쉽게 접근할 수 있는 사이트로 골라서 시도해보자. 찍을 장소만 있으면 충분히 영상을 올릴 수 있다. 영상 편집은 스스로 해도 좋고, 자신이 없다면 재능기부 사이트에서 편집자를 구하는 것도 방법이다.

영상 역시 책처럼 창작물이라 계약기간이 있다. 계약기간 동안 강의를 그곳에서 판매하고, 그 이후에는 재계약 형식으로 이루어진다. 강의 사이트의 수수료는 20~80%로 천차만별이다. 수수료가 아깝긴 하지만 강의를 제작하지 않았다면 0원의 돈을 벌었을 것이고, 자체 제작했다면 그 사이트 자체를 주기적으로 홍보하고 마케팅하느라 너무 많은 에너지를 빼앗겼을 것이다. 처음 시작은 시중에 이미 개설된 온라인 강의 사이트 중 하나를 이용해서 해보자. 그렇게 하면 강의 만든다고 시간을 조금 뺏기는 것 말고 크게 손해가 없다. 하나도 팔리지 않더라도 손해는 그간들인 시간 말고는 없다. 그러니 한번 도전해보는 게 어떤가?

글쓰기로 인해 알게 된 것들도 좋고, 글쓰기 스킬에 대한 강의도 좋다. 어떤 강의든 분명히 수요가 있다. 그 수요가 적고 크고의 차이일 뿐. 초보면 왕초보를 대상으로 만들면 되고, 중급자면 초급자를 대상으로 만들면 된다.

당신이 아는 것이 있다면 나눈다는 생각으로 영상을 찍어보자. 올려놓으면 큰돈이 되지는 않더라도, 다달이 손대지 않고 코 푼 듯한 돈이 통장에 들어오게 될 것이다. 인세는 대부분 매년, 혹은 분기별로 입금되지만, 강의 판매료는 다달이 입금된다. 이런 것들이 쌓이면 내가 글을 계속 쓸 수 있는 무기가 된다. 눈 딱 감고 한 번만 도전해보자. 지금 바로 온라인 사이트 중 한 곳에 접속해서 사이트를 살펴보자. 이건 그냥 오프라인 강의를 하는 것보다 더 쉽다. 말을 더듬으면 끊어가면 된다. 중간에 밥을 먹고 다시 촬영해도 된다. 노동이 다른 방식으로 좀 더 들어갈 뿐이다.

2) 꾸준히 팔리는 온라인 강의가 되려면

"일 년에 한 개 나갈까 말까라니까."

내가 아는 그녀는 온라인 강의를 나보다 먼저 제작했다. 하루는 내게 한숨을 쉬며 온라인 강의가 이렇게 안 팔릴 줄 몰랐다고 했다. 앞 장을 읽은 당신은 온라인 강의를 열면 모두가 내 강의를 사 주고 금방 부자가 되는 상상을 하고 있을지도 모르겠다. 그런 당신에게 미안한 말이지만, 실상은 대부분 그렇지 못하다. 사이트에서 상위 10~20%에 들어야만 꾸준한 이익을 얻을 수 있다.

강의 사이트에서는 지속적으로 강의 홍보를 해주지만, 등록된 강의가 수백 개에서 수천 개가 될 텐데 모든 강의를 당연히 공평하게 소개할 수는 없다. 처음 영상을 올리고 몇 달이 지나고 새로운 강의가 계속해서 그 강의 사이트에 생기면, 내 강의는 더 이상 홍보되지 않고 판매가 뚝 끊기게 된다. 당신이 아주 유명하지 않다면 겪을 일이다.

이럴 때 할 수 있는 두 가지 방법을 소개하려고 한다.

첫 번째는 꾸준하게 내 강의를 홍보하는 일이다. SNS 쪽에서 다시 언급하겠지만, SNS를 통해 강의를 홍보하는 건 엄청 중요한 일이다. 홍보하지 않으면 무수히 많은 강의 중 내 강의가 있는지조차 사람들은 모른다. 최대한 열심히 강의를 홍보하자. 인스타그램, 유튜브, 블로그 할 것 없이 홍보에 힘쓰자. 형편이 된다면 인스타그램 광고를 소액으로 돌려보는 것도 추천한다. 일단 내 SNS를 통해 강의 사이트로 들어가게끔 해보자. 진심 어린 스토리를 들려준다면 고객은 나와 관계를 맺게 되고, 나에 대한 호기심 때문이라도 한 번쯤 클릭해 볼 것이다.

두 번째, 강의로 인한 변화를 증명할 수 있으면 좋다. 책을 출간하게 도와준다는 강의는 책을 출간한 사람이 나와야 하고, 치유하는 글쓰기 강의면 누군가 내 강의를 듣고 치유가 되어야 한다. 그래야 그 강의가 지속해 판매될 수 있다. 그런 증명을 할 수 있는 게 온라인상에서는 강의가 업로드된 사이트나 자신의 SNS에 올린 후기이다. 강의 사이트에 후기가 많아질수록 온라인 강의가 가진 힘이 세진다. 그러니 꾸준히 후기를 많이 모으려고 노력하자. 후기를 쓰면 가벼운 무언가를 선물로 주는 이벤트도 좋은 방법이 될 수 있다.

온라인 강의란 물성이 없다. 손에 잡히지 않는 콘텐츠를 구매하는 행위라 강사에 대한 신뢰를 구축으로 사람들은 결제한다. 그 지점을 기억하고 사람들에게 신뢰를 주는 행동을 역으로 많이 한다면 결제는 일어날 수밖에 없다. 온라인에서 나를 꾸준히 드러내자. 기록을 남기자. 영상을 꾸준히 올리고 사람들에게 후기를 모으자. 그게 가장 온라인 영상 판매에 도움이 되는, 현실적으로 당신이 할 수 있는 일이다.

3) 온라인 강의 만들 때 유용한 5가지 팁

첫째, 강의를 제작할 때 최대한 깔끔한 모습으로 촬영한다. 당신이 평소에 하루 정도 예쁘고 멋지게 해 다니지 않더라도 다른 날 만회할 기회가 있지만, 영상은 아니다. 두고두고 후회하는 이들이 아주 많으니 촬영을 하는 날만큼은 깔끔한 모습으로 하자. 조명이 있는 곳이라면 평소보다 훨씬 더 화장을 진하게 해야 생기가 도는 얼굴이 될 것이다. 편집은 전문가에게 맡길 수도 있으나 얼굴은 한계가 있다. 보정을 할 수도 있겠지만, 우선으로 찍을 때 예쁘게 찍자.

둘째, 스크립트를 작성한다. 스크립트에 대해 호불호가 있지만 온라인 강의는 보통 찍게 되면 3~5년 정도는 남아있다. 그런 영상에서 말이 앞뒤가 다르면 문제다. 더듬는 거나 쉬어가는 부분은 모두 편집이 가능하다. 그러나 문맥이 틀린 말을 할 경우는 되돌리기 어렵다. 그러니 단정하게 정리가 된 스크립트를 준비해놓고 촬영하자. 촬영할 때 그 스크립트를 이해하고 또박또박 발음해야 하는 건 덤이다. 외울 필요는 없지만, 문맥으로 순서를 이해하고 입을 평소보다 조금 크게 벌린다는 기분으로 발음을 정확하게 하려고 노력하면 더 좋은 결과물을 얻을 수 있다.

셋째, 강의마다 재생 시간을 짧게 한다. 10분이 넘어가지 않도록 한다. 클래스101이나 여타 강의 사이트에 들어가서 강의를 들어보면 알 것이다. 1강이 얼마나 짧아지고 있는지를. 3분밖에 되지 않는 영상도 있고 5분, 7분 다 짧다. 요즘 사람들은 긴 영상은 대체로 잘 보지 못하니 짧게 올리는 게 유리하다. 최대한 짧게 가고 너무 긴 영상은 잘라서 두 개로 만들자. 긴 영상은 애초에 영상 시작 부분에 이 영상은 기니까 그만큼 중요하다. 최대한 집중해달라는 메시지를 전달하는 것도 방법이다.

넷째, 학습모임이나 단톡방, 카페 등을 만들어서 강의를 결제한 사람과 지속적으로 소통할 수 있는 공간을 만든다. 당신의 강의를 결제한 사람이라면, 당신과 이미 어느 정도 관계력을 쌓았다고 볼 수 있다. 그 사람들이 당신과 함께 할 수 있는 공간을 만든다면 계속해서 그들과 소통할 수 있고 연결될 수 있을 것이다.

다섯째, 강의를 들은 사람에게 강의 말고도 그들에게 도움이 될 정보를 무료로 제공하자. 예를 들어 브런치스토리 작가 되는 법에 대한 강의면 브런치스토리 사용 설명서, 혹은 30일 계획, 이런 식으로 짧은 글을 엮어서 PDF 파일로 만든 뒤 강의를 듣는 사람에게만 무료 배포하는 것도 방법이다. 혹은 무료 컨설팅 1회권도 좋다. 이때 강의를 듣는 사람에게 내가 제공하는 무료 상품이 가치 있게 느껴지는 게 중요하다.

강의를 만들 때 위의 다섯 가지 사항을 참고하자. 온라인 강의는 한번 업로드 하면 중간에 그 영상을 고칠 수 없다. 그게 단점이자 장점이다. 더 이상 손댈 게 없어서 편한 게 장점이지만, 동시에 한번 찍으면 고칠 수 없으니 영상에서 모자라다고 느껴지는 부분이 추후 생기더라도 보완이 어렵다. 영상을 최대한 임팩트 있게 만들고 잘 준비해서 촬영하도록 하고 후속 서비스를 통해 만족도를 높이자.

실시간 줌 강의 제작하기

1) 실시간 줌 수업을 제작하는 이유

실시간 온라인 강의나 회의에 참여해본 적이 있는가? 아마도 참여해본 적은 있지만 직접 열어본 적은 없는 사람이 많으리라 생각된다. 한 번도 참여해보지 않았어도 괜찮다. 지금부터 차차 익히면 되고 다행히도 아주 쉽다. 온라인을 어려워하는 나도 쉬웠으니, 당신도 어렵지 않게 할 수 있을 것이다.

내 주변에는 아직도 줌을 활용한 수업을 하지 않는 작가가 많다. 낮

설다는 거다. 그렇기에 당신은 어서 시작해야 한다. 내게도 코로나 시기 줌 강의 의뢰가 들어왔는데, 다른 지역 강의를 직접 가지 않고도 할 수 있으니 너무 편했고, 그 때 수락한 몇몇 강의가 그 다음 강의를 이끌어내기도 했었다. 글로성장연구소 설립 후에는 글쓰기 수업을 자체적으로 만들기에 이르렀다. 현재 '탄탄글쓰기'와 '육감글쓰기'라는 실시간 온라인 수업을 만들어 대표인 최리나 작가와 함께 진행 중이다. 이후 어떻게 콘셉트가 바뀔지는 모르겠지만, 중요한 것은 애초에 실시간 온라인 수업을 하지 않았더라면 자체 제작까지는 가지도 않았을 거라는 거다.

VOD 강의는 한번 만들어 놓으면 수익화가 지속적으로 가능하다는 장점이 있지만, 편집이 힘들고 소통이 자유롭지 않다. 실시간 온라인 강의는 그때그때 강사가 수업해야 하므로 노동력을 갈아야 한다는 단점이 있지만, 수업을 듣는 학우들은 궁금한 걸 바로 질문할 수도 있고, 유동적으로 진행이 된다는 장점이 있다.

2) 줌 수업 제작하기

실시간 수업을 만드는 일은 쉽다. 온라인에서 실시간으로 소통할 수 있는 사이트에 들어가면 되는데, 그 사이트는 줌, 구글미트, 웨일온, 스카이프 등이 있다. 주로 많이 사용하는 건 줌이라 줌에서 강의 만드는 방법에 대해 말씀드리려고 한다.

줌 사이트는 운영 시스템이 매우 쉽다. 줌 홈페이지에 들어가서 맨 먼저 오른쪽 위 무료 가입을 눌러서 회원가입을 한다. 이후 다시 첫 화면으로 돌아와서 마찬가지로 오른쪽 상단에 보면 새 회의가 있다. 그걸 누르고 난 뒤 회의 예약을 클릭한다. 거기다가 강의할 이름을 적고, 주소가 적힌 링크와 비밀번호를 참여자에게 전달하면 끝이다. 줌은 결제 없이 무료로 이용 가능하다는 장점이 있으나, 무료 사용자는 시간이 40분으로 제한되니 이 점을 참고해서 개설하자. 만약 결제를 한다면 연간 결제 혹은 매달 결제 중 선택하고, 매번 회의에 참여하는 인원수 등을 참고해서 결제 금액을 정하면 된다.

강의가 시작된 후에는 하단에 녹화하는 버튼이 있는데, 그걸 누르면 강의가 녹화된다. 녹화는 참여자 모두가 동의해주어야 가능하다. 녹화된 영상은 회의 종료 후 컨버팅 후 PC에 저장되는데, 회의 시간에 따라 저장까지 적잖은 시간이 소요되니 그 부분은 참고하는 게 좋다.

3) 홍보하기

줌 강의를 개설하는 건 어렵지 않지만, 그 강의가 있다는 것을 세상에 알리는 일과 들을 만한 강의라고 어필하는 일은 어렵다. 두 가지를 위해서 당연히 개인 SNS에서 홍보해야 한다. 이때 당신이 처음 해본 강의라면 양질의 정보를 무료로 제공해주는 게 좋다. 듣는 사람을 한 명이라도 더 늘릴 수 있도록 말이다.

제일 좋은 것은 커뮤니티에서 열심히 활동하다가 줌 강의를 개설 후 그 커뮤니티 내에서 홍보하는 것이다.

　'누군가가 강의를 연다'라는 정보가 많아질수록 사람들은 정보를 분간해내는 작업을 많이 해야 하고, 이 과정에서 에너지가 소모된다. 그래서 강의 홍보하는 글을 보더라도 자신이 얼굴도 전혀 모르는, 한 번도 본 적도 들은 적도 없는 사람의 강의는 깊이 생각하지 않고 지나치게 되며, 되도록 나와 관계가 있는 사람의 강의를 들으려고 한다. 인스타그램에서 당신의 인친이 강의를 여는 것과 생판 모르는 남이 여는 것은 관심도 자체가 다르다. 커뮤니티 내에서 자주 소통하는 사람이 강의를 여는 것과 말 한마디도 안 하고 있다가 강의한다는 광고만 하는 것은 천지 차이다. 그렇기에 당신이 아주 유명한 사람이 아니라면 관계성이 중요하다. 이 사람이 나와 관계가 있는가, 이 강의가 나와 관계가 있는가, 둘 중 하나의 연결고리라도 만들자. 그래서 자주 소통하던지, 정말 필요한 정보를 주던지, 혹은 둘 다 해서 최대한 내 강의를 듣게 만들자. 홍보하되 그 홍보의 중점은 이것이다. '이건 당신과 관계가 있어요'를 자꾸 어필하는 것이다. 무료 수업이더라도 상대방의 시간을 당신이 가지고 온다는 것은 쉬운 일이 아님을 기억하며 개인 SNS 계정에서도 커뮤니티에서도 꾸준히 수업을 알리자.

모임과 커뮤니티 활용하기

1) 커뮤니티의 힘

커뮤니티란 무엇인가? 사전적 의미에 따르면 '공동체', '지역사회'를 뜻하는 말이라고 한다. 사회집단의 특성이 있지만, 훨씬 규모가 작고 그들의 공통적 관심사가 밀착되어있는 하위집단이라고 나온다. 즉, 취향과 관심사가 같은 사람들이 모여 있는 집단이다.

당신이 생각하는 커뮤니티는 어떤 곳인가? 내가 커뮤니티라고 생각한 최초의 장소는 목욕탕이다.

어렸을 적 나는 한 달에 서너 번은 목욕탕에 갔다. 그곳에는 늘 아주머니들이 있었다. 오전에는 탈의실 한쪽에서 화투를 치다가, 오후가 되면 갑자기 그들 중 누군가가 판매하는 반찬을 멤버들 모두가 사서 집으로 가고는 했다. 어느 날은 함께 만나는 누군가가 암에 걸렸다고 다들 울기도 했고, 어떤 날은 멤버 중 누군가의 자녀가 좋은 대학에 갔다며 서로 축하를 나누기로 했다. 나는 그 광경이 굉장히 신기했다. 다음날도 다음다음 날도 아줌마들은 목욕탕에 있었다.

이처럼 커뮤니티의 기본 원리는 마음을 위로해주고 취향을 공유하는 사이가 되는 것이다.

글쓰기로 돈 벌기를 꾸준히 하려면 가장 선행되어야 하는 건 나와 취향이 맞는 사람을 모으는 작업이다.

나는 동네 아줌마 친구들을 가끔 만난다. 그들 대부분은 글과 책 읽기에 관해 관심이 없고, 심지어 내가 하는 일이 무슨 일인지도 모른다. 세바시대학을 다닐 때도 그들은 갸우뚱거렸고, 글쓰기를 가르칠 때도 그랬다. 커뮤니티를 운영할 때도 그랬고, 사람들에게 컨설팅할 때도 그랬다. 그들 앞에서 나는 당연히 글 이야기를 잘하지 못한다. 깊게 들어갈 수 없다.

그런데 글쓰기 커뮤니티에서는 내가 알게 된 글쓰기 관련된 지식이나 정보를 공유하면 반응이 뜨겁다. 여러 개의 하트와 도움이 된다는 답장이 달린다. 그럼 나 역시 너무 감사한 마음이 든다. 그들에게 관심 있는 주제이기에 떠들 수 있다는 것을, 환영받는다는 것을 나도 안다.

물론 취향 커뮤니티를 통해 만난 사람들은 동네의 803호 아줌마처럼 자주 만나서 커피를 마시며 수다를 떨 수 있지는 않다. 하지만 어떤 만남에서나 장단점이 있듯이, 나를 위로해준 803호 언니가 힘든 일이 생기면 그녀와 시간을 보내야 한다. 가까운 사이라 힘이 되지만, 너무 가까워서 부담스러워하는 사람도 많다. 약한 연대는 커뮤니티의 약점이자 강점이다.

커뮤니티가 점점 힘이 세지는 추세이다. 사람들은 커뮤니티를 통해 공감받고 이해받는다. 소통이 힘들었던 사람들이 그곳에서 마음껏 관련 주제로 이야기할 수 있다.

남편은 야구광인데, 야구 커뮤니티에서 부방장을 하고 있다. 내가 하루는 왜 돈도 주지 않는 역할을 그렇게 열심히 하느냐고 물었더니 그가 이렇게 말했다.

"야구가 너무 재밌고, 여기서는 내가 하는 말이 엄청 영향력이 있어요, 여보."

자기가 하는 말에 사람들이 반응해준다는 거다. 내게 말해봤자 나 역시 야구 지식이 없어서 물음표 가득한 표정만 짓지만, 야구가 좋아서 모인 사람들은 남편의 이야기를 재밌게 들어준다.

취향 기반 커뮤니티에서 최대한 당신의 존재감을 드러내자. 사람들과 진심으로 소통하라. 그러면 나중에 내가 활동할 때 그들 역시 진심으로 응원해준다. 사람들은 당신이 한 만큼 환영해준다. 공감받고 이해받는 곳에 결국 사람은 모이고 자연스럽게 확장된다. 예전의 글쓰기는 아주 대단한 사람만이 글을 써서 책을 내고 다른 사람들은 그 작가의 책을 사기만 했다면, 지금은 아니다. 글쓰기를 좋아하는 커뮤니티 안에서 작가도 나오고 다른 많은 이들도 그 안에서 글을 쓴다. 글을 쓰면서 동시에 다른 작가를 응원한다.

또한 그곳에는 다양한 직업군을 가진 사람들이 오직 글쓰기가 좋아서 모여 있다. 이것만큼 좋은 기회가 또 있을까? 당장 한두 달 눈에 보이는, 손에 잡히는 돈이 없다고 커뮤니티의 가치를 함부로 판단하지 말자. 나는 그곳에서 정말 많은 사람에게 도움을 받았다. 심지어 내 책 『무심한 듯 씩씩하게』를 맨 처음 아마존에 등록해준 사람도 커뮤니티를 통해 알게 되었다. 그분은 미국 시애틀에 사는데, 커뮤니티가 아니었다면 내가 소통을 할 수 있었을까?

꾸준히 커뮤니티에서 활동하자. 적극적으로 도움을 주고받자. 1년 뒤 당신에게는 당신을 도와줄 글 친구들이 많이 생겨있을 것이다.

2) 글쓰기 소모임 리더 되기

집이 갑자기 정전되면 무엇부터 해야 할까? 가장 먼저 해야 할 일은 손으로 바닥과 주변을 짚어가며 조심스럽게 불을 켤 수 있는 무언가를 찾는 일이다. 아주 작은 촛불이나 휴대용 전등이라도 좋다. 당신 주위를 밝히는 게 우선이다. 그렇게 자신의 주변이 조금 밝아지면 전체를 밝아지게 하는 방법을 찾을 수 있을 것이다. 여기저기 전화를 할 수도 있고, 막연한 두려움도 어느 정도 사라진다. 글쓰기로 돈을 버는 것역시 똑같다. 한 번에 100만 원, 1,000만 원을 버는 것은 정전된 집을갑자기 밝게 만드는 일처럼 어렵다. 그러나 주위를 조금 밝히는 건 가능하다. 당신은 아주 사소한 것부터 시작할 수 있다.

글쓰기를 처음 시작할 때 보통은 뭐부터 할까? 나는 글을 한두 편쓴 뒤 바로 지역 글쓰기 모임을 검색했다. 그리고 그 모임으로 찾아갔다. 삼삼오오 모여서 글쓰기를 이야기하는 곳. 그곳에서 나는 혼자가아니라는 든든함을 얻었고, 내 글을 따뜻하게 바라봐주는 사람들 덕분에 계속해서 글을 쓸 힘을 얻었다.

그중에서도 가장 큰 수확은 글쓰기 모임에서 리더 역할을 해본 거였다. 그때 모임 리더 역할을 해봤던 경험으로 인해 세바시에서 글쓰기담당 퍼실리테이터(facilitator)도 잘 할 수 있었다. 당신도 이미 글쓰기모임에 참여 중이라면, 한 발짝 나아가 소모임을 직접 만들어서 리더역할을 해보는 것을 추천한다.

리더라고 해서 특별히 엄청난 일을 해야 하는 것은 아니다. 기획에따라 다르겠지만, 보통 글쓰기 모임 리더는 멤버들이 모두 골고루 발언권을 가졌는지를 살펴야 하고, 글을 인쇄한다든지, 미리 모임 장소에 가서 자리를 정리하는 일들을 하면 된다. 모이기 전에는 모임을 기획하고 틀을 만드는 것 정도를 할 수 있다. 그런 과정에서 모임을 편안히 즐길 때와는 다른 고충이 생길 수도 있다. 내향적이라면 그들의 말을 자르는 게 어려울 수도 있고, 외향적이라면 외향적인 대로 어려움이 있을 수 있다. 규정에 따르지 않는 구성원을 대하는 게 어려울 수도 있고 중간중간 이벤트 같은 걸 하면 좋은데, 그런 걸 기획하는 게 어려울 수도 있다.

요즘은 모든 모임이 다 참가비가 있다. 고로 모임 리더가 무료 봉사직인 곳은 거의 없다. 아주 소정이지만 유지할 수 있는 돈을 벌 수도 있고, 리더가 되는 경험을 할 수도 있다. 지역에서 이루어지는 글쓰기 모임이면 글을 읽고 나누는 시간 때문에 인원을 소수로 제한하는 경우가 많다. 보통 10명이 안 되는 인원이 모여 글을 쓰고 글을 나눈다. 그 과정에서 진하게 소통하게 되고 글을 쓰는 그들이 진정으로 필요한 것, 원하는 것, 듣고 싶은 말 이런 것들을 가장 가까이서 알 수 있게 된다. 치킨 한 마리 값밖에 벌지 못하더라도 글을 쓰는 사람에 대해 알고 싶다면, 소소한 지역 모임 리더를 해보자. 분명히 나와 취향이 같은 사람에 대한 이해가 높아질 것이다. 그리고 그 안에서 사람들과 다양한 것들을 기획할 수 있다. 글을 쓴다면 각자 노하우를 담아 미니 글쓰기 수업을 열 수도 있고 독서 모임, 혹은 당신의 전공을 살린 원데이클래스를 열 수도 있다. 글쓰기에 관련된 것을 시작하려면 뭐라도 첫 시작이 있을 수밖에 없다. 시작을 모임 안에서 해보자. 안전한 곳에서 시도하고 시행착오를 거쳐 더 나아질 수도 있고, 그사이 경험도 경력도 모두 쌓이게 되니까.

글쓰기 모임 리더는 오프라인이 아닌 온라인도 가능하다. 문토나 프립 같은 사이트에서 내가 글쓰기 모임을 기획해서 여는 것을 시도해보자. 프립은 호스트 지원하기를 통해, 문토는 모임 열기를 통해 할 수 있다. 온라인 모임은 비교적 시스템이 오프라인보다 명확해서 회차와 금액을 당신이 시작 전 직접 설계할 수 있으니, 조금 더 편안한 마음으로 만들 수 있다. 처음에는 원데이클래스를 여는 것도 추천한다. 어떤 모임을 기획하느냐에 따라 다르지만, 주로 상대방의 이야기를 잘 들어주고 순서를 정해서 시간 배분 정도를 할 수 있다면, 누구나 온라인에서도 리더가 될 수 있다. 오프라인과 온라인의 차이가 있다면 온라인에서 오히려 리더 역할이 두드러진다. 진행하지 않으면 누구 하나 말을 열기가 모호한 상황이 잘 연출되기 때문이다. 마이크가 맞물리면 소리가 서로 엉키기에 더 조심하는 것도 있고, 자기 얼굴이 화면에 잡히는 게 어색한 것도 한몫하는 듯하다. 사이트를 이용하지 않고 개인적으로 모객을 해서 줌으로 모임을 열 수도 있다. 어느 쪽이든 상관없이 글쓰기 모임의 리더를 한 번 경험해보자. 돈도 벌고 아주 가까이서 그들의 마음을 정확히 알게 된다. 덤으로 그들과 관계력도 생긴다.

3) 나만의 커뮤니티 만들고 유지하기

이제 당신의 커뮤니티를 만들어보자. 간단하다. 카카오톡 단톡방에 오픈채팅방을 개설하면 된다. 개설했다면 이걸 잘 유지하는 게 관건이다. 사실 요즘 너나 나나 할 것 없이 커뮤니티를 만든다. 하지만 살아남는 것은 몇 개 되지 않는다. 커뮤니티를 잘 유지하려면 어떻게 해야 할까?

첫 번째 방법으로 타깃층을 좁히고, 그 사람이 꼭 속해있어야 할 작은 범위를 만들자. 내가 부대표로 있는 커뮤니티는 '글로성장연구소'인데, 여기는 글로 성장하는 걸 원하는 사람들의 커뮤니티이다. 보통 글쓰기와 독서를 좋아하는 사람들이 모이고, 그 외 사진이나 그림 같은 예술을 즐기고 좋아하는 사람도 많다. 다른 글쓰기 커뮤니티는 비즈니스를 확장하고 싶은 사람들이 많다면, 우리 커뮤니티는 책을 출간해서 비즈니스를 확장하고 싶어 하는 사람도 있지만, 그런 사람들이 비교적 적다. 일상을 사유하고 나누며 글 쓰고 사진 찍는 걸 좋아하는 사람이 상대적으로 많다. 모두를 다 충족시킬 수는 없다는 것을 기억하자. 모든 색을 섞으면 검은색이 된다. 단톡방 내 사람이 엄청 많지 않더라도 우리만의 색깔을 유지하도록 하자.

둘째, 만들었으면 커뮤니티 내 사람들에게 줄 수 있는 무언가를 제공하자.

사람을 모았으면 사람들에게 서비스나 물건을 제공해야 한다. 최리나 작가와 내가 제공할 수 있는 게 뭐가 있을까 고민하던 중 우리는 '별별챌린지66'이라는 글쓰기로 놀 수 있는 놀이터를 만들었다. 소위 말하는 글쓰기 챌린지를 뜻하는데, 66일 동안 글쓰기 습관 만들기 프로젝트이다. 놀이터가 만들어지려면 울타리도 필요하고, 쉼터도 필요하듯 마찬가지로 '별별챌린지66'이라는 글쓰기 놀이터에서 잘 놀 수 있도록 글쓰기 분량 및 올리는 방법 등 간단한 규칙과 틀을 만들었다.

셋째, 뭔가를 제공할 때는 최대한 가치 있게 제공하자.

챌린지 참가자 중 66일 동안 글을 꾸준히 다 쓴 사람은 상(리워드)을 부여한다. 상은 몇 가지가 있는데, 그중 한 가지는 나, 혹은 최리나 작가에게 1:1 글쓰기 컨설팅을 받는 것이다. 애초에 수업하며 느꼈지만, 무형의 지식을 전달하는 것은 가격을 매기는 게 천차만별이다. 그래서 무료로 제공할 거면 최대한 가치 있게 66일 자신과의 약속을 지킨 사람에게 제공하고 싶어서 시작했고, 결과적으로 좋은 선택이었다고 생각한다. 왜냐하면 66일 성공한 사람들은 글쓰기 컨설팅을 아주 심도 있게 들어주었기 때문이다. 만약 커뮤니티 내에서 모든 사람에게 글쓰기 컨설팅을 제공하려고 했다면 어떻게 되었을까. 컨설팅받고 싶지 않고 그냥 글쓰기를 자유롭게 즐기려고 했던 사람에게는 부담이 되었을 것이고, 받고 싶었던 사람 역시 누구나 받을 수 있다고 생각하면 귀하게 생각하지 않고 들었을 확률이 있다. 그들을 위해, 나를 위해, 커뮤니티를 위해서도 무언가를 제공할 때는 최대한 가치 있게 제공해야 한다.

A "이건 아무것도 아니에요. 그냥 유튜브에 찾아보면 자료가 있지만 제가 정리해 드린 겁니다."

B "이건 10년 동안 글만 쓴 제가 글쓰기에 관련된 정보 중 중요한 것만 선택해서 모은 정보입니다. 돈으로 값을 매길 수 없는 귀한 정보예요. 전교 1등의 시험 대비 노트라고도 할 수 있어요."

둘 중에서 어느 쪽의 사람이 준 정보를 더 소중히 보겠는가? 당신의 가치를 결정하는 건 당신 자신이고, 당신이 가진 무형의 지식 가치를 결정하는 것도 당신이 할 일이다. 이제 더 이상 지식 콘텐츠를 얼마에 판매하냐는 것은 의미 없어졌다. 어떤 지식이 고가에 판매가 되고 있을 때, 똑같은 지식이 유튜브에 돌아다니고 있을 확률이 높다. 하지만 그걸 정리해서 나눠주고 1대 1로 관리까지 해준다면? 아마 고객은 더 열심히 공부해서 좋은 결과를 낼 확률이 높다. 그러니까, 당신이 가지고 있는 지식이 있다면 최대한 가치 있게 제공하자.

마지막으로 커뮤니티 역시 아까 말한 챌린지처럼 놀이터라는 걸 기억해야 한다. 학원이 아니다. 당신이 아무리 많은 가치를, 정보를 주고 싶다고 하더라도 참아야 한다. 소통하면서 그들의 이야기가 주 무대가 되는 놀이터로 만들어야 한다. 그들의 의견을 듣다가 수요가 많은 콘텐츠를 기획해서 올리거나, 별도의 수업이나 혹은 라방을 진행해야 한다. 당신이 마치 그 공간의 주인공처럼 주먹구구식으로 무작위로 아침이고 저녁이고 내 지식을 커뮤니티에 자랑하듯 올리면, 좋아하기는커녕 커뮤니티가 번성하지 않는다.

유명인이면 커뮤니티 역시 빨리 사람이 늘어나겠지만, 일반인이라면 시간을 좀 들여야 한다. 몇 년 동안 유지할 수 있다면, 그것만으로도 많은 이득을 볼 수 있는 곳이 커뮤니티이다. 왜냐하면 이 안에서 신뢰가 생기면, 당연히 유료 프로그램을 결제하는 사람도 생기기 때문이다. 그 사람을 붙잡고 설득할 필요도 없이 말이다. 그러니 커뮤니티를 개설해서 활용하자. 아니, 끝까지 끌고 가보자. 분명히 든든한 내 집 같은 존재가 되어줄 것이다.

출판 컨설팅하기

1) 출판 컨설팅, 당신도 할 수 있다

글쓰기 수업에는 아무래도 글쓰기를 좋아하는 사람들이 온다. 그러다 보니 그들에게 출판 컨설팅에 관한 이야기들을 들을 때도 있다. 양심적으로 잘 운영하는 업체도 있었지만, 게 중에는 함께 기획한다고 해놓고 제대로 기획해주지 않거나 혹은 업체에서 딱 정해준 목차로 글을 쓰라고 강요하는 곳도 있었다. 그들이 정한 목차대로 글을 쓰지 못하면 추가 강의 결제를 유도해서 원래 수강료가 천만 원이었는데도 불구하고 3천, 4천까지 쓰게 만드는 곳도 있었다.

그런 이야기를 듣다가 보니 내가 해도 그 사람들보다는, 더 진실하게 잘 할 수 있겠다는 생각이 들었다. 평생 책 한 권 내고 싶다는 사람들의 소망을 이용하면 안 되는 거 아니냐고 생각하고 있던 찰나, 최리나 작가에게 함께 글쓰기연구소를 차려보지 않겠냐는 제안을 받았다. 큰 망설임 없이 부대표로 참여하게 되었고, 연구소 내에서 글쓰기 컨설팅과 글쓰기 수업을 진행 중이다.

출판 컨설팅을 원하는 사람이 있을 거로 생각하고 시작했지만, 당연하게도 잘할 자신은 없었다. 글쓰기 수업은 여러 번 해봤지만, 출판 컨설팅은 처음이었기 때문이다. 그러나 어떤 일도 반드시 처음은 있다는 생각으로 그때부터 매일 매일 서점에 가서 출간 시장흐름을 살펴보고, 관련 서적을 읽었다. 담당 편집자와 더 열심히 소통했다. 책마다 판매 부수를 살피고 어떤 책이 인기 있는지, 왜 인기 있는지 분석하고 매일 신문을 읽으며 여러 방면에서 흐름을 익히려 노력했다. 그런데도 여전히 컨설팅하려고 하면 이런 마음이 들었다. '내가 뭐가 잘나서.' 그 생각이 바뀌게 된 것은 어느 날 확인한 컨설팅의 정의를 통해서였다.

컨설팅 : 어떤 분야의 전문가가 고객을 상대로 상세하게 상담하고 도와주는 것.

처음에는 '전문가'라는 앞의 말에 집중했다면, 그 후부터는 뒷말에 집중했다. '고객에게 상세하게 설명하고 도와주는 것.'

아마 당신도 나는 여태 내 글만 써왔는데 내가 다른 사람들 컨설팅까지 어떻게 해줘? 그럴만한 실력이 안 되는 것 같아. 난 못한다고 생각하고 있을지도 모른다.

책을 내기 전까지는 누구나 출판시장의 전반적인 시스템에 대해 알지 못한다. 투고하는 과정에서 배우는 게 많고, 계약하고 편집자와 소통하면서 얻는 것도 많다. 그런데 이미 내가 한 경험을 그저 나눠주는 거로 생각한다면? 당신이 겪은 일을 누군가에게 설명한다고 생각하자. 한결 어깨가 내려갈 것이다.

그래도 도저히 시작할 수 없다면, 나처럼 누군가와 함께 시작하는 것을 추천한다. 나는 컨설팅을 혼자 하는 게 아니라 최리나 작가와 함께 한다. 마케팅과 기획에 능한 최리나 작가와 글쓰기 수업을 주로 하고 있었던 나와 함께 글로성장연구소를 설립하게 되었다. 함께 일하니 각자 잘하는 부분이 달라, 사람들을 좀 더 다방면으로 잘 도울 수 있었다.

그래도 역시나 나는 안될 것 같다고? 맞다. 나 역시 그 생각을 했었고, 진짜 당신은 안될지도 모른다. 내가 아는 사람 중에서도 많은 사람이 컨설팅을 시작했다가 흐지부지되었다. 그렇다고 해서 그들이 잃은 건 그다지 없었다. 그냥 시장이 알아서 정리해주는 것이다. 그래서 당신이 진심으로 책을 출간하는 사람들을 도와주고 싶다면, 한번 도전해보자. 분명히 컨설팅이든 다른 방향이든 길이 열리게 될 것이다. 물론 해당 분야에 관한 끊임없는 공부는 이루어져야 한다.

출간 관련 회의를 할 때면 최리나 작가와 내가 함께 머리를 맞대고 고민한다. 온종일 그 원고에 대해 생각하고 피드백해준다. 가끔은 출판 컨설팅 학우와 일대일로 만나서 반나절 동안 함께 글을 쓰는 시간을 가진다. 두 작가가 자신의 원고보다 더 꼼꼼히 살피니 100% 원고 출간 외에도 훨씬 완성도 있는 원고, 질 높은 원고가 되지 않겠는가?

모자란 부분이 있다면 다른 사람과 협력하자. 당신 역시 충분히 출판 컨설팅을 할 수 있다.

출판 컨설팅, 커뮤니티 운영, 글쓰기 수업, 글 생산자가 되어 온라인에 글을 올리는 일, 원고료를 받고 글을 쓰는 일, 이 모든 일은 각각의 일처럼 느껴지지만 연관된다. 출판시장의 흐름을 조사하며 사람들이 어떤 말을 듣고 싶어 하는지, 출판 동향에 대해 파악하게 되고 파악하게 되면 돌고 돌아 이 모든 것은 당신의 글쓰기, 돈 벌기, 책 출판에 도움을 준다. 그러니 안 할 이유가 없지 않은가?

2) 온라인에서 새로운 사업을 시도할 때 이렇게 해보자

① 진정성 있게 다가가자

누구나 그 일을 하게 된 자신만의 계기가 있다. 내 안에서 그 일을 택한 심층적인 욕구가 있다. 쉽게 말하자면 이런 것이다. 출판 컨설팅으로 인해 돈을 날려본 경험이 있거나, 혹은 투고했다가 계약이 안 돼서 너무 고생하였을 때 다른 사람은 출간할 때 고생을 덜 하게 해야지,

누구나 작가가 될 수 있게 해야지, 이런 생각을 가지고 출판 컨설팅 사업을 시작할 수 있을 것이다. 나만의 이야기를 커뮤니티에서 자주 하거나 혹은 블로그에 계속 기록하자. 누군가가 내가 진행하는 컨설팅에 관심이 생겼을 때 그 글을 읽게 될 것이고, 읽고 나면 조금 더 우호적으로 내가 하는 일을 바라보게 될 것이다.

② 100% 환불제를 도입하자

온라인 사업을 진행한 지 얼마 안 되었다면 어떤 일이든 100% 환불제로 예비구매자들을 유혹할 수 있다. 동시에 정말로 콘텐츠, 혹은 서비스가 마음에 안 들었다면 100% 환불을 해주는 게 맞지 않는가? 환불해 주더라도 당신에게는 경험치가 쌓인다. 그러니 당신의 서비스에 대한 자신감을 보여주는 의미로 100% 환불 시스템을 도입하는 것도 방법이다.

③ 무료 수업, 혹은 무료 세미나를 활용하자

아무래도 유료보다는 무료 수업에 사람들이 들을지 말지 결정하는 기준이 낮다. 무료 수업으로 사람들에게 내가 하는 일에 대해 알리자. 무심코 참여한 파티에서 일생일대의 기회를 만나게 되는 것처럼 무료로 등록한 출판 수업, 혹은 세미나가 그들에게 그런 영향력을 발휘할 수 있도록 무료라고 하더라도 당신은 최선을 다해 수업하자. 당신에게는 그 수업이 단순 무료가 아니라 추후 많은 돈을 끌고 올 수 있는 마중물 같은 작업이다. 최대한 정성스럽게 모든 일을 처리하도록 해야 한다. 그리고 그곳에서 무료 수업이 마음에 들었다면, 더 들을 수 있는 수업을 꼭 소개해줘야 한다. 강요는 하지 않되 알려는 줘야 한다. 그래야 그 사람들이 갈팡질팡하지 않고 다음 수업으로 갈 수 있다.

④ 처음에는 동업도 고려해보자

우리는 모두 완벽하지 않다. 어떤 사람은 글쓰기를 잘하고, 어떤 사람은 마케팅을 잘한다. 어떤 사람은 기획을, 어떤 사람은 강의를 잘한다. 한 사람이 모두 잘하기란 쉽지 않다. 그래서 결이 조금 다른 사람과 함께 프로젝트를 꾸려나가는 경험은 소중하다. 자기만의 방식에서 탈피할 수도 있고, 모르던 분야에 대해 많이 배우게 된다. 당신이 온라인 사업을 하는 게 처음이라면, 나처럼 누군가와 함께 시작하는 것도 좋은 방법이다. 다만 그건 개인의 역량 문제에서 도움이 된다는 거다. 동업은 다들 말리는 만큼 위험한 일이고, 언제 무슨 일이 터질지 모른다. 사람 마음은 화장실 들어갈 때 다르고 나올 때 다르기 때문이다. 언제든 변할 수 있다. 그러나 당신이 혼자서 하다가 혼자서 망하고 혼자서 숨어있다면 아무도 모른다. 아무도 모르는 것은 동업보다 더 좋지 않다. 아무도 모르면 안 된다. 당신 자신이든, 책이든, 프로젝트든, 강의든, 컨설팅이든 세상에 알려야 한다. 알리고 퍼지기 위해 동업도 고려해보는 걸 추천한다.

Chapter 08

글이 돈이 되게 하는
베이스캠프
- SNS, 커뮤니티, 지역 모임

- 가성비 갑, 인스타그램

- 여전히 필요하다, 블로그

- 전 세계인의 놀이터, 유튜브

- 글쓰기 전문 플랫폼, 브런치스토리

- 당장 가입하라, 온라인 대형커뮤니티

- 대면은 힘이 세다, 오프라인 지역 모임

가성비 갑, 인스타그램

　당신은 SNS 계정이 있는가? SNS 활동이 최근 얼마나 중요한지 모르는 사람은 없을 것이다. 요즘 뜨는 작가는 이미 SNS를 통해 브랜딩이 된 사람들이 많다. 예전에는 작가 한 명을 띄우기 위해서 출판사나 출판 관계자들이 어느 정도 홍보하면 먹혔지만, 요즘은 점점 더 어려워지고 있다고 한다. 출판사에서 스타를 만드는 게 아니라, 그 바깥에서 누군가가 스타를 만드는 것이다. 어디서? SNS에서. 사람들은 모두 SNS 안에 있다. 집 근처 오프라인 가게가 얼마 전까지 소고깃집이었다가 최근 도시락집으로 바뀌었다고 해도 사람들은 잘 알아차리지 못한다. 그러나 새로운 피드는 실시간으로 확인한다. 이런 시대에 발맞춰서 당신도 계정이 있어야 한다. 글을 잘 쓰는 것과 세상에 그것을 알리는 것은 완전히 다른 능력이다.

고백하자면 나는 SNS를 하고 싶은 마음이 전혀 없었다. 그래서 오랫동안 방치했다. 이런 사람이라도 아주 기본적으로 해야 할 것에 대해 말하려고 한다. 아예 하지 않으면 글쓰기로 돈을 벌 수 있는 범위가 작아질 수 있기에, 당신이 최소한 꼭 해야 할 것만 공유하려 한다.

첫째, 이미 한 강연이나 글을 썼다고 알리는 식의 계정은 있어야 한다.

이순신 장군은 "적에게 나의 죽음을 알리지 말라"고 했지만, 당신은 당신이 한 글쓰기 관련 활동이나 행사를 알려야 한다. 알려야만 사람들은 안다.

나는 처음 글쓰기를 시작하면서 인스타그램 계정을 만들었다. 그로부터 2년 뒤 팔로워가 200명 정도였을 때 첫 글쓰기 관련 활동 문의를 받았다. 그 뒤 지금까지 글쓰기 수업 문의를 꽤 받았다. 팔로워가 많은 작가는 수없이 많은 제안을 받겠지만, 나처럼 적은 계정이라도 일단 만들어만 놓으면 이렇게 연락이 온다. 그러니 당장 계정을 만들자. 시간이 지나면 팔로워는 자연스럽게 나와 취향과 관심이 비슷한 계정으로 늘 것이다. 팔로워를 늘리는 강의나 책을 사서 봐도 좋다.

다만, 그렇게까지 하지 않는다고 해서 난 SNS 안 해, 하며 뒷짐 지지 말라는 거다. 읽고 쓰는 삶에 가까워지려면 최소한 당신이 한 일, 글쓰기 소모임에서 리더를 했거나 글쓰기 관련 책을 읽은 걸 알려야 한다. 혹은 글쓰기를 하면서 느꼈던 감정을 써도 좋다. 뭐라도 관련 활동이라는 생각이 들면 올리자. 갑자기 툭 튀어나온 출간보다 내가 꾸준히 올린 SNS상의 글쓰기 관련 기록이 더 힘이 세다.

특히 SNS가 하기 싫더라도 인스타그램만은 꼭 하라고 이야기하고 싶다. 왜냐하면, 사람들이 요즘 많이 하는 SNS라 시간 대비 효과가 가장 좋다. 모든 걸 다 하면 좋지만, 아무것도 하기 싫다면 가장 가성비 좋은 인스타그램만은 끌고 가자.

둘째, 인스타그램 프로필 사진과 소개 글을 제대로 적어놓자.

인스타그램이 묻는다, 넌 누구냐고. 그래. 나도 인스타그램을 모르지만, 인스타그램 역시 나를 모른다. 그렇기에 제일 먼저 인스타그램 프로필을 잘 적어야 한다. 시간이 얼마 걸리지 않음에도 이걸 적지 않는 사람이 많은데, 마치 음식점을 차려놓고 간판을 달지 않는 것과 같다. 그러니 내가 뭘 하는 사람이고, 글쓰기로 뭘 할 수 있고 뭘 해왔는지 정도는 적어주어야 한다.

예를 들어 김필영 작가, 동기부여 강연가, 글로성장연구소 부대표, 글쓰기 강사. 이 정도는 적어줘야 사람들이 보고 이 사람은 저서가 있고 강연을 하는 사람이구나, 하고 알게 된다. 그걸 보고 출판 관계자

혹은 강연 쪽 관계자들이 필요하면 연락을 할 것이다. 프로필에 넣는 이미지는 사진으로 해도 되고 캐릭터 같은 그림도 좋다. 다만 뭘 하든 글을 쓰고 있는 사람이라는 정체성이 느껴지는 사진으로 해야 한다. 웬만하면 아주 화질이 떨어지는 마치 예전의 싸이월드에서 봤던 사진 같은 느낌은 촌스러워 보일 수 있으니, 찍은 지 오래된 사진 말고 최근 사진이 좋다. 어떤 걸 해야 할지 감이 안 잡히면 아주 잘 나온 프로필 사진으로 해놓으면 된다. 마지막으로 프로필에는 한 개의 링크를 걸어 놓을 수 있는데 이때 자신이 하는 활동을 모아놓은 여러 가지 링크 모음집을 이곳에 달아놓으면 좋다. 사이트로는 링크트리, 리틀리, 인포크링크, 링크온 등이 있다. 마음에 드는 곳에서 멀티링크를 만들어 인스타그램 프로필에 달아놓으면 된다. 나는 세계적으로 가장 유명한 다중링크 서비스이고, 인터페이스가 직관적인 링크트리를 추천한다.

셋째, 피드에서는 정체성이 드러나야 한다.

누군가가 당신의 인스타그램에 들어와서 한눈에 보이는 9장의 사진을 보면 당신이 뭘 하는 사람처럼 보일까? 주부? 회사원? 작가? 당신이 작가로 보이고 싶다면 그 정체성에 맞는 사진을 올려야 한다. 참고로 나는 인스타그램에는 글쓰기 관련한 내용이나 강의, 강연 내용 말고는 거의 피드에 올리지 않는다. 일상에서 육아하는 엄마인 시간도 많지만, 그 사진은 피드에 올리지 않는다. 정체성을 맞춰놓으면, 크게 활동하지 않아도 피드가 정돈된 느낌이 들것이다.

넷째로는 댓글 달기이다.

관심사가 같은 타인의 계정이나 아주 인기가 많은 인플루언서 계정에 들어가서 피드에 정성스럽게 댓글을 달자. 즉 소통해보자. 사람이 보이지 않는 온라인 소통은 실제 사람과 소통하는 것보다 더 어렵다. 댓글 달기가 쉽다고 생각하고 시작하면, 중간에 그만두게 될 것이다. 소통은 어렵다. 대신 소통에는 무한한 힘이 있다. 내가 댓글을 단 계정이 팔로워가 많으면 내게 유입되는 효과가 있을 수 있고, 상대에게 바라는 것 없이 댓글을 달고 관심을 주다 보면 결정적인 순간에 내 무형의 상품을 사 주는 고객이 되거나 내 영상을 구독하는 잠재 구독자가 될 수 있다.

네 번째가 힘들면 소통까지 하지 않아도 좋다. 그래도 내가 어떤 사람인지 알 수 있는 피드 몇 개, 그리고 대문은 만들어보자. 그것만으로도 글쓰기 관련된 강의나 혹은 출간 관련 강의 연락이 올 수 있다. 인플루언서가 되라는 게 아니다. 시간을 많이 투자하라는 것도 아니다. 인스타그램으로 아예 아무것도 하지 않더라도 자신의 정체성이 드러나는 사진으로 세팅해놓자. 시도해보자. 해봤나? 해보고 되는지 안 되는지, 연락이 오는지 오지 않는지 그때 불평불만을 해도 늦지 않다.

여전히 필요하다, 블로그

블로그란 웹(web)과 로그(log)의 합성어로 개인의 생각과 경험, 알리고 싶은 견해나 주장, 나아가 전문지식 등을 웹에다가 써서 다른 사람들도 볼 수 있게끔 열어놓는 글 모음을 말한다. 넓은 의미로 보면 네이버 블로그, 브런치스토리, 티스토리등 모두 블로그에 해당되지만 이 글에서는 네이버 블로그를 블로그라고 칭하겠다. 네이버 블로그는 이름에서 알 수 있듯 네이버에서 운영하는 SNS이고, 네이버 아이디를 생성하면 블로그는 자동으로 만들어져서 누구나 글을 쓸 수 있다. 한

참 동안 블로그 수익화에 대해 사람들의 관심이 떠들썩했다가 최근에는 조금 관심이 유튜브로 옮겨간 것 같은 느낌도 든다.

따라서 요즘 블로그를 한물갔다고 보는 사람이 많다. 다들 유튜브만 보니까 블로그로 뭔가를 얻는 건 어렵다고 생각하는 것이다. 그런데 이건 반은 맞고 반은 틀린 생각이다. 유튜브를 하는 인구가 늘어나고 있고 요즘 사람들이 글보다 영상을 더 선호하는 게 점점 심해지는 추세인 건 맞지만, 애초에 블로그와 유튜브는 다른 영역이다.

유튜브는 심심할 때 재밌어 보이는, 흥미 있어 보이는 영상을 시청하는 원리다. 목적을 가지고 유튜브에 들어가는 사람보다 그냥 들어가는 인구가 훨씬 더 많다.

반면 블로그는 뭔가가 궁금하고 알고 싶을 때 검색해서 들어가는 공간이다. 정보가 궁금해서 들어가는 경우가 가장 많다.

사용자가 찾는 이유 자체가 다르다. 하나는 약국이면 하나는 슈퍼이다. 슈퍼에 많이 갔다고 사람들이 약국에 안 가는 건 아니지 않나. 물론 약국이나 슈퍼를 외출이라는 큰 범위로 묶는다면 어느 정도 한쪽이 커지면 다른 한쪽을 갈 일이 줄어들기는 하지만 역할이 다른 건 사실이다. 그래서 당신이 유튜브 방송을 한다면 블로그 역시 해야 한다. 다른 목적을 가지고 이용한다고 생각하면 된다.

그렇다면 블로그를 글쓰기에서 어떻게 활용할 수 있을까?

1) 매일 글쓰기 연습 + 적은 수입 얻기

SNS를 할 때는 사용할 플랫폼의 특성을 파악한 뒤 시작하는 게 좋다. 블로그는 보통 어떤 경로로 사람들이 유입될까. 아주 단순하게 우리가 다른 사람의 블로그에 왜 들어가는지를 생각해보면 된다. 바로 어제 나는 서점 창업비용에 대해 검색했다. 인스타그램에서 누군가가 독립서점을 연 걸 보고 충동적으로 궁금증이 생겼기 때문이다. 이처럼 블로그는 정보를 찾는 용도로 많이 사용한다. 그러니 블로그 입장에서는 당신이 블로그에 양질의 정보성 글을 제공하는 게 가장 좋을 것이다.

브런치스토리는 책 출간을 위해서 나온 플랫폼이고, 자신만의 스토리를 보여주는 곳이다. 여기서는 자신만의 시선, 예를 들어 운동화가 소재라면 운동화에 대한 나의 경험이나 생각을 솔직하고 특별한 자신만의 관점으로 쓴 글이 브런치스토리가 원하는 글이다. 블로그는 더러워진 운동화 하얗게 만드는 방법 같은 글이 훨씬 더 블로그에 맞는 글이라는 거다. 정보를 제공해주는 글을 쓰는 거다. 그래서 매일 글을 쓰되 정보가 담긴 글을 주려고 노력하자. 책 서평이나 글쓰기 관련 팁도 좋다. 어떤 지식이든 누군가가 궁금해할 만한 지식이면 다 좋다. 혹시 친구랑 만나서 커피를 마신 이야기를 쓰고 싶다면, 그 이야기에 자신만의 시선을 담는다고 하더라도 이야기 중간중간 정보를 주자. 예를 들어 커피숍에 관한 정보를 줄 수도 있을 것이고, 마신 커피에 대한 정보를 줄 수도 있을 것이다. 정보를 줄 때 네이버에서 제공하는 지도나 링크 등을 사용하면 좋다. 관련 글이나 그 글 다음에 읽을 글도 링크로 달아서 내 블로그에 머무는 시간을 최대한 길게 만들자. 그러는 와중에 꾸준히 글 쓰는 습관을 기를 수 있고, 블로그에서 수입의 기본인 애드포스트 수익을 얻을 수 있을 것이다. 애드포스트 기준은 아래 세 가지이다.

개설 90일이 넘었는가?

포스팅이 50개 이상인가?

하루평균 방문자 100명 이상인가?

애드포스트 수입은 적은 편이지만, 첫 수입이라는 건 늘 앞으로 나아갈 원동력을 주기에 글로 돈을 벌어본 적이 없다면 특히나 신청해 보는 걸 추천한다. 내가 진행하는 66일 글쓰기뿐만 아니라 100일 블로그 글쓰기 같은 챌린지를 하는 곳이 많은데, 그런 것을 하는 와중에 자신도 모르게 애드포스트 수익 승인이 난 사람을 많이 보았다.

앞서 말한 것들을 잘 유의해서 블로그에 글을 계속 쓰다 보면 글쓰기 습관도 생기고 약간의 돈도 생기게 될 것이다.

2) 수업이나 글쓰기 활동 기록하기

앞글 인스타그램에서도 말했다. 인스타그램을 하지 않더라도 간판은 만들어놓고 글쓰기 관련해서 당신이 행동한 게 있다면 그것만은 알리라고. 블로그 역시 마찬가지로 당신을 알리는 간판인 메인 프로필은 사진과 글로 잘 채워놓아야 한다. 그런데 인스타그램과 블로그에 같은 양의 글을 남긴다고 했을 때, 글쓰기 수업 의뢰는 어느 쪽으로 더 많이 들어올까? 블로그다. 100% 절대적인 건 아니지만 내 경험이기도 하고, 글쓰기 수업 강사를 찾는 사람 입장에서 생각하면 쉽게 알 수 있다.

글쓰기 강사를 찾는 경우 찾는 분이 대부분 도서관 사서이거나 기업의 인사담당자이다. 20대보다는 30대에서 50대가 많다. 그들은 유튜브나 인스타그램에서보다 주로 네이버에서 검색한다. 이유는 그들은 자라면서 영상보다 글을 더 많이 접했고, 뭔가가 궁금할 때는 네이버에서 검색해 온 세대이기 때문이다. '울산 글쓰기', 혹은 '글쓰기 강사', '동기부여 강의' 이렇게 검색해서 찾는다. 네이버 검색을 타고 블로그에 들어온다. 실제로 내가 운영하는 SNS 중에서 가장 글이 적은 곳이 블로그이고, 나는 블로그를 거의 활용하지 않는 편이지만 글쓰기 수업 문의는 블로그를 통해 대부분 온다.

블로그에서의 기록은 그만큼 중요하다. 게다가 다른 SNS에 비해 조금 더 진솔하고 긴 글을 쓸 수 있으니, 그 글에 수업 소감과 더불어 글에 대한 가치관까지 마음 껏 적을 수 있는 곳이라는 점도 좋다.

내가 어딘가에서 모임을 했다면, 강의했다면 인스타그램, 그리고 블로그에 기록을 남겨놓자. 블로그에 수업 후기를 글 하나당 3시간 정도를 투자해서 정성스럽게 10개만 남겨보자. 10개면 총 30시간이 소요된다. 이 정도 투자로 계속해서 수업 문의가 들어온다면 할 만하지 않은가?

3) 설득하는 용도로 사용하기

블로그를 앞서 두 가지 용도로 사용했다면 이번에는 세 번째, 영상을 뒷받침하는 설득의 도구로 사용해보자.

유튜브에 흥미 있는 영상을 올렸다면, 그 영상에 대해 세부적인 정보를 알고 싶은 사람들을 위해 블로그 주소를 연결해줘야 한다. 블로그에는 영상과 관련 있는 내용이면서 좀 더 심도 있는 지식을 풀면 좋다. 같은 내용을 종이책에 담는다면 조금 더 권위는 있지만 딱딱하고, 영상으로 담는다면 흥미롭기가 어렵다. 영상에서 어려운 주제를 다루면 초반 이탈률이 높아져서, 영상은 되도록 흥미 위주로 만든다. 이때 블로그를 유튜브 영상의 흥미를 그대로 끌고 가면서 더 알고 싶은 사람을 위해 심도 있는 지식을 담는 도구로 쓰는 게 좋다.

예를 들어 글쓰기가 좋은 이유에 대해 유튜브에서 흥미 위주의 영상을 제작해 올렸다면, 조금 더 깊게 정보가 들어간 글을 쓰는 방법에 관한 내용은 블로그가 적합하다는 거다. 유튜브에 글을 쓰는 방법에 대한 영상을 제작하면 안 되는 건 아니지만 영상은 많은 사람이 볼 수 있는 가벼운 내용이 더 적합하다. 블로그는 그 외 내 스토리를 전달하기에도 좋은 곳이다. 내가 글을 쓰는 이유, 내가 이 브랜드를 열게 된 이유에 대해 적는다. 이 글쓰기 수업이 다른 글쓰기 수업과 어떻게 다른

지, 나만의 스토리를 입히는 작업을 블로그에서 하면 좋다. 물론 시간과 노력이 들어가는 일이지만, 이런 식의 글을 10개에서 20개 정도만 만들어 놓아도 자신의 블로그에서 분명히 오래 사람들이 머무르게 되고, 관심이 높아진다면 판매하는 책이나 혹은 온라인 수업 같은 것이 있다면 결제까지 가능하게 될 것이다. 애초에 그런 것이 없다면, 이번 책을 읽고 상품을 만들어서 판매해보자. 가장 상품을 팔기 좋은 랜딩페이지는 블로그다. 그곳은 내 상품에 대한 자세한 이야기를 들어주는 곳이다.

　광고 수익은 유튜브가 앞설지 모르겠지만, 설득의 일인자는 블로그다. 아무리 유튜브가 커져도, 아무리 브런치스토리에서 양질의 글을 생산해낸다고 하더라도, 블로그만큼 대중이 가깝게 검색해보는 SNS는 아직 없다.

전 세계인의 놀이터, 유튜브

1) 유튜브를 해야 하는 이유

우리나라 사람들이 제일 많이 이용하는 SNS는 무엇일까? 2022년 투데이신문 조사에 따르면 1위가 카카오톡, 2위가 유튜브라고 한다. 유튜브는 아주 빠른 성장을 하면서 자라고 있다. 가장 오래 사용한 앱은 유튜브인데, 총이용 시간이 740억 분에 달했다. 유튜브 총이용 시간을 이용자 수로 나누면 1인 평균 하루 55분을 유튜브를 시청하는 데 쓴다고 한다. 그만큼 유튜브는 우리의 삶에서 떼놓을 수 없는 SNS로 자리 잡았다. 책도 영화도 유튜브를 통해 먼저 만나고, 영상이 마음에 들면 그제야 그 작품을 관람하기에 이르렀다.

따라서 이 유튜브를 이용해서 나를 알리고 내가 활동할 무대를 스스로 만들어보자. 출판사에 투고해서 답을 기다리는 일, 강의자로 뽑히는 일, 이런 것들은 당장 생활비에 보탬이 되지만 언제 어떤 이유로 내가 대체될지 모른다. 그래서 스스로 만드는 내 공간이 필요하고, 이왕이면 전 세계 사람들이 가장 많이 노는 놀이터인 유튜브에 관심을 가져보자.

유튜브를 하는 데 있어서 가장 중요한 것은 두 가지이다. 첫 번째는 노출 대비 클릭률, 사람들이 내 썸네일을 보고 클릭을 하냐, 하지 않냐이다. 두 번째가 시청 지속 시간이다. 썸네일을 만드는 것은 글에서 제목을 정하는 것과 같다. 지속해 만들다 보면 확실히 카피를 뽑는 실력이 늘고, 대중이 좋아하는 것을 알게 된다. 시청 지속 시간을 결정하는 데 가장 중요한 요소는 대본이다. 대본이 좋아야 시청 지속 시간이 늘어난다. 유튜브에서 좋은 대본이란 사람들이 이탈하지 않도록 내 영상에 오래 잡아두는 대본이다. 그래서 가장 중요한 두 가지가 결국 글쓰기와 연관된다. 유튜브를 하는 것은 글을 쓰는 것과 전혀 다른 길이 아니다. 오히려 유튜브를 시작하는 순간 당신은 평소보다 훨씬 많은 양의 글을 쓰게 될 것이며, 덤으로 대중의 심리도 알게 되니 일거양득이다.

2) 유튜브로 수익 내기

"저 이번 달에 유튜브 수익 승인 났어요."

얼마 전 한 지인이 모임에서 말했다. 일반적으로 우리가 아는 유튜브를 통해 돈을 버는 것은 이것이다. 구글에서 주는 이 돈은 기본적으로 시청 시간 4,000시간, 그리고 구독자 1,000명이 되어야 받을 수 있는 구글 애드센스 수익이다. 유튜브로 돈을 번다고 하면 이 돈만 생각하는 사람들이 많은데, 사실은 그렇지 않다.

유튜브로 돈을 버는 방법은 크게 세 가지로 나뉜다. 첫 번째는 방금 말한 유튜브 애드센스 수익. 애드센스 수익은 금액이 매달 조회수, 구독자에 따라 조금씩 달라지기에 정확한 금액을 예상하기가 어렵다. 그리고 구독자 1,000명이라는 허들을 넘기가 생각보다 어렵다. 그래서 이것만 바라보고 있다면 이 기간을 참기 어려울지도 모른다.

두 번째 수익은 광고 수입이다. 이것 역시 크리에이터의 영향력으로 광고회사에서 직접 연락이 오는 경우인데, 가격은 구독자에 따라 천차만별이라 구독자가 많지 않다면 사실 받기 쉬운 돈은 아니다.

세 번째에 주목하자. 세 번째 수입은 내가 지금 오프라인에서 팔고 있는 상품을 소개하는 것이다. 이해를 돕기 위해 주언규 님(구 신사임당)이 유튜브 채널에서 들었던 예시를 들고 왔다.

"예를 들어 내가 사과를 파는 농부야. 그러면 내가 유튜브를 통해 처음에 사람들을 많이 끌어모으기 위해서 좋은 사과를 고르는 법, 이런 정보성 콘텐츠를 주로 만들어서 양질의 정보를 무료로 주는 거야. 그러면 이것을 보고 모인 사람들이 실제로 내가 말한 것을 직접 하면서 사과를 고르는 사람도 있겠지만, 그럴 시간도 없고 정성도 없는 사람들은 편리하게 내가 골라주는, 전문가가 골라주는 사과를 원해. 그래서 내가 사과를 판매하는 스마트스토어 링크를 유튜브에 댓글이나 더보기란에 달아. 그러면 거기서 결제가 일어난다고."

그런데 이것이 물성이 있는 사과나 수박, 혹은 지우개나 연필, 화장품 이런 것만 될까? 당연히 아니다. 온라인 강의를 찍어놓은 게 있다면 그 강의를 팔아도 되고, 줌 강의가 열릴 예정이면 그 강의를 팔아도 된다. 심지어 책을 팔아도 된다. 여기서 판다는 것은 내가 직접 그 제품을 파는 것이 아니더라도 링크연결을 할 수 있다는 의미다.

나는 아직 유튜브에 있어서 생초보이다. 하지만 하루 2시간을 투자해서 영상을 만들어 올리자, 일주일에 1회씩 이렇게만 했을 뿐인데 벌써 연계 수익이 나오고 있다. 영상을 본 사람들이 내가 운영하는 커뮤니티에도 들어온다. 들어와서 한참을 보다가 강의 결제하는 때도 종종 있었고, 책을 구매하기도 했다. 유튜브를 시작한 지 겨우 한 달 만에 말이다.

이렇게 유튜브를 운영하다가 구글 애드센스 수익도 얻고, 광고 수익도 얻고, 전문 크리에이터로 성장해서 폭발적인 수입을 얻는다면 더 축하할 일이다.

다만 그렇게 하지 못하더라도 일주일에 딱 2시간, 대본 쓸 시간도 없는가? 대본 써서 컷 편집만 해서 올린다면, 촬영부터 편집까지 5시간이면 끝난다. 그것으로 인해서 멈춰있던 온라인 강의가 다시 결제되고 당신이 글 쓰는 사람이라는 걸 알릴 수 있다면, 정말 남는 장사가 아닌가. 채널이 500명이 안 되더라도 100명이 안 되더라도, 충분히 수익화에 성공할 수 있다.

　그런데 이렇게 홍보차 영상을 올리는데 조회수도 안 나오고 망하게 되는 채널이 있다. 그 이유는 판매를 많이 해보겠다고 무작정 내가 판매하는 상품에 관한 이야기만 주야장천 올려서이다. 예를 들어 내가 글쓰기 수업을 판매하는데, 유튜브에 대뜸 세바시랜드 강의를 사라고 올린다면 누가 결제하겠는가. 이건 마치 방문판매원이 아무 말도 없이 남의 집에 들어와 다짜고짜 자신이 판매하는 물건을 내미는 것과 같다. 글쓰기를 좋아하지 않는 사람들도 처음에는 내 유튜브에 유입하는 영상을 만드는 게 필요하다. 감정적으로 힘든 사람들이 글쓰기를 통해 성장하는 게 채널의 목표라면, 우선은 감정적으로 힘든 사람들을 모아야 한다. 그럼 글쓰기를 잘하는 법 이전에 마음을 다친 사람들이 공감할만한 콘텐츠로 조금 더 보폭을 넓혀야 한다는 거다. 내가 아기용품을 판매한다면 아기용품에 관한 판매용 리뷰를 먼저 올리는 게 아니라, 그 사람들이 주로 임신한 상태일 테니 임신할 때 몸에 좋은 것, 좋지 않은 것 같은 정보를 먼저 폭넓게 제공하는 게 필요하다는 거다. 유튜브 유입자용 콘텐츠와 세부적인 판매용 콘텐츠를 따로 만든다고 생각하는 게 초반에는 이해하기 쉬울 것이다.

아까 사과의 경우 좋은 사과를 고르는 법이라는 영상은 시청자 유입을 위한 영상이고, 내 사과를 홍보하고 사려면 어떤 사이트에 들어가야 하고, 이런 것들은 세부적인 판매용 콘텐츠이다.

이렇게 채널의 영상을 타깃에 맞게 준비하다 보면 분명히 시청자 유입용으로 만든 영상은 폭삭 망하지는 않을 것이다. 세부적인 판매 영상은 1,000명만 봐도 성공했다고 말할 수 있다. 왜냐하면 아주 관심 있는 사람만 그 영상을 시청하기 때문에 판매로 이어질 가능성이 높기 때문이다.

이런 식으로 유튜브를 운영하고, 또한 대본에 충실하고 힘을 뺀 콘텐츠를 만든다면 충분히 연계된 수익을 얻을 수 있는 채널이 될 수 있다.

관심을 가진 사람 중 누군가는 분명히 결제한다. 그러니까 우리는 대본을 쓰고, 영상을 만들어서 유튜브라는 전 세계인이 들어오는 상점에 하루라도 빨리 콘텐츠를 올려놓자. 그리고 유튜브를 할 때 재밌게 하자, 망해도 전혀 손해가 없다. 지금 당장 계정부터 만들고 영상 하나를 올리자. 주 1회, 혹은 2주에 1회로 영상을 제작하자. 한 번 제작할 때 대본과 촬영 편집까지 최대 5시간을 넘기지 말자. 주말에만 해보자. 그러면 손해 봤다는 느낌 없이 꾸준히 하게 될 것이다. 몇 개의 영상을 망친다면, 분명 10번째 영상은 첫 영상보다 나은 영상이 탄생할 것이다. 그러니 해보자. 대충이라도 해보자. 내 글을, 책을, 강의를, 그리고 나를 유튜브를 통해 알리자.

3) 유튜브 초보자가 이해하기 쉬운 채널 추천

① 유튜브 랩 2.0

- 유튜브 초보자들이 영상 촬영을 어떤 걸로 할지부터 편집 프로그램, 저작권, 라이브 방송 등 실질적인 것부터 가르쳐주는 채널이라 그때그때 아주 유용하다.

② 이리더

- 유튜브라는 곳이 어떤 곳인지 개념을 알려주고 구독자나 조회수가 늘어나는 원리에 대해 쉽게, 여러 번 반복해서 풀어줘서 도움이 된다.

글쓰기 전문 플랫폼, 브런치스토리

1) 작가 신청하기

어디에 글을 써야 할까?

사실 글을 어디에 쓰든 상관없다고 생각한다. 다만 온라인에 글을 올리는 행위 자체는 중요하다. 올려야 세상에 퍼지고, 꾸준히 글을 쓰는 데도 도움이 되니까 말이다. 글 기반으로 한 플랫폼은 여러 가지가 있지만, 가장 대외적으로 많이 알려진 것은 블로그와 브런치스토리가 있다. 두 SNS를 비교하자면 이렇다.

네이버 블로그 : 정보성 글이 많음. (맛집이나 어학연수, 여행, 독서 등), 검색 기반, 누구나 블로그 개설 가능, 유입자 많음. 개방적. 수익화 기회 많고 체계적으로 가능한 시스템.

카카오 브런치스토리 : 대다수가 에세이, 그 외에도 소설, 시 등 문학적인 글 다수, 작가 신청하기를 통해 작가 승인을 받아야 글 게재 가능. 편집자나 출판계 사람들이 많이 봄. 블로그에 비해 덜 알려져 있음. 제안하기를 통한 다양한 기회 주어짐.

브런치스토리와 블로그 모두 장단점이 있다. 둘 다 이용하면서 자신에게 맞는 SNS를 선택하면 된다. 판매나 설득이 아닌 글 생산자, 혹은 출판이 목적이라면 브런치스토리를 추천한다. 브런치스토리는 출판하기에 가장 적합한 플랫폼이다. 태생이 그렇다는 거다. 그래서 브런치스토리 안에는 글을 같은 주제로 모을 수 있는 '매거진'이 있고, 온라인으로 책을 만드는 '브런치북'이 있다. 글을 쓰다가 같은 주제로 글을 쌓고 싶으면 매거진을 만들고, 그 글이 어느 정도 모였으면 브런치북을 만들면 된다.(최근에는 연재 브런치북이라고 해서, 연재 형식으로 브런치북을 만드는 것도 가능해졌다) 브런치북을 만들면, 브런치스토리 내에서 내 글을 눈여겨보던 편집자가 기획이 마음에 들어 연락이 올 수도 있다. 그런 경우를 주위에서도 많이 보았다. 내 지인 중 한 명은 브런치스토리 구독자가 30명도 채 되지 않았을 때였는데 출판사로부터 러브콜을 받은 이도 있다. 연락이 오지 않더라도 브런치북까지 만들고 나면 출간 기획서를 쓰는 게 어렵지 않다. 기획 의도도 있고 목차도 있고 글도 있으니 정리해서 출판사에 보내기만 하면 된다.

무엇보다 브런치스토리를 가장 추천하는 이유는 그곳에는 글을 좋아하는 사람들이 많이 모여 있기 때문이다. 전국의 출간 작가는 물론이고 편집자, 책 디자이너, 출판사 대표 등 관련 업계 사람들이 모여 있고 외국인, 이민자도 많이 있다.

'브런치스토리 작가 되기'는 별도의 신청 절차가 필요하다. 홈페이지나 앱에 들어가서 '브런치스토리 작가 되기' 신청을 누른다. 그리고 간단한 내 소개, 어떤 글을 쓰려고 하는지, 목차와 샘플 글 1~2개를 보내면 끝이다. 며칠 뒤 합격 혹은 불합격을 알려주는 메일이 온다.

우리가 놀이동산에 가면 다양한 놀이기구를 경험할 수 있는 것처럼, 브런치스토리 작가가 되면 폭넓은 글쓰기 경험을 할 수 있다. 공모전도 여러 분야가 있고 (2023년 기준, 브런치북 AI 클래스 프로젝트, 오디오북 출판 프로젝트, 브런치북 전자책 프로젝트, 브런치북 출판 프로젝트 등이 있다) 다음 포털사이트 메인에 글이 오르는 경험을 하기도 한다. 무엇보다 브런치스토리만의 특장점은 '제안하기'가 활성화되어 있다는 거다.

꾸준히 글을 쓰면 구독자가 얼마든 제안하기를 통해 연락이 온다. 물론 그 연락이 내가 원하는 연락이 아닐 수도 있다. 가령 나는 출판을 원하는데 기사를 써달라는 연락일 수도 있고, 협업 요청 연락일 수도 있다. 하지만 확실한 건 꽤 오기 때문에 브런치스토리를 꾸준히 하라고 권하고 싶다. 여기서 당신이 글쓰기가 이렇게 재밌고, 글을 쓰는 사람이 아직도 많다는 걸 느꼈으면 좋겠다. 나는 브런치스토리에서 조회수 135만 회를 기록하고 난 뒤 세바시에서 강연할 이야기가 생겼고, 출판사에 넣을 때도 그걸 제목에 넣었다. 아무런 스펙이 없던 나에게 브런치스토리는 무기가 되어주었다.

또 하나 기쁜 소식은 브런치스토리가 2023년 하반기 수익화를 하겠다고 공표했다. 작가의 브런치북 연재 작품에 독자가 응원하기를 통해 돈을 보내는 게 가능해졌다. 브런치스토리에서 뽑은 몇몇 스토리크리에이터를 대상으로 3, 4개월 동안 파일럿으로 먼저 운영했고 현재 연두색 배지를 단 스토리 크리에이터 모두 브런치북 연재와 응원하기를 활용할 수 있다.

당신도 브런치스토리 수익화에 도전하고 싶다면 먼저 브런치스토리 작가가 되어야 하고, 두 번째로는 스토리 크리에이터에 선정되어야 한다. 브런치스토리 사이트에 나와 있는 스토리 크리에이터 선정 기준은 다음과 같다.

스토리 크리에이터 선정 기준 : ① 전문성 ② 영향력 ③ 활동성 ④ 공신력

독자의 응원하기를 통해 작가는 수익을 얻을 수 있고, 연재에 대한 책임감, 그리고 작품의 완성도에 더욱 집중할 수 있을 것이다.

이제 글쓰기를 시작했다면 꼭 '브런치스토리 작가 되기'를 시도해보

자. 브런치스토리는 당신만의 이야기를 기다린다. 아무리 문장이 수려하더라도 이야기가 재미없으면 작가 심사에 떨어지기도 한다. 반대로 문장은 잘 못 쓰지만, 이야기가 재밌고 신선하면 뽑히기도 한다. 내가 브런치스토리 관계자는 아니지만, 많은 사람을 가르치며 합격 불합격을 본 결과 그들은 이야기에 집중한다. 그건 확실하다. 그러니 겁먹지 말고 꼭 도전해보자.

2) 구독자 늘리기

브런치스토리라는 플랫폼은 이용자가 블로그나 유튜브에 비해 많지 않다. 글을 좋아하는 사람들만 모여 있어서 그런지 조금 폐쇄적인 특징이 있다. 다른 플랫폼처럼 구독자 품앗이가 거의 없다. 정말 좋아하는 작가만 구독해서 보는 분위기다. 당신이 브런치스토리 작가가 되더라도 기쁨도 잠시, 구독자가 빨리 늘지 않아서 힘이 빠질 수 있다. 그런 당신이 들으면 힘이 나는 이야기를 하나 해보려고 한다.

브런치에는 44,000여 명의 작가가 있다. 2021년도 기사에 나와 있으니 지금은 아마도 더 늘었을 것이다. 이렇게 많은 작가가 있기에 사람들은 여기서 어떻게 글이 유명해지냐고 하며 지레 겁먹고 포기하기도 한다.

하지만 우리 수능을 칠 때를 생각해보자. 전국에 있는 수험생들, 2023년 기준 수능에 응시한 수험생은 447,669명이었다. 그런데 그 사람들이 모두 다 서로의 경쟁자였을까? 문과 이과를 우선 나눠야 한다. 그리고 수능을 치겠다고 했는데 치지 않은 사람도 많이 있을 거고, 공부를 안 하고 그냥 시험만 치는 사람도 있을 것이다. 이렇게 저렇게 따져보면 거의 다 허수이고, 나의 경쟁자는 별로 없음을 알 수 있다.

브런치스토리 역시 마찬가지다. 내가 브런치스토리 관련 수업을 할 때마다 첫 시간에 이 이야기를 한다. 당신의 경쟁자는 몇 되지 않는다. 44,000명을 제치지 않고도 브런치스토리에서 승리할 수 있다고 말이다.

우선 브런치스토리 메인에 들어가 보자. 들어가면 키워드로 분류된 다양한 글 모음이 있다. 종류는 다음과 같다.

IT트렌드/사진·촬영/취향 저격 영화 리뷰/ 오늘은 이런 책/ 뮤직 인사이드/ 글쓰기 코치/ 직장인 현실 조언/ 스타트업 경험담/ 육아 이야기/ 요리·레시피/ 건강·운동/ 멘탈 관리 심리 탐구/디자인 스토리/ 문화·예술/건축·설계/인문학·철학/쉽게 읽는 역사/ 우리 집 반려동물/멋진 캘리그래피/사랑·이별/감성에세이

당신이 적고 싶은 분야는 무엇인가? 만약 건강, 운동일 경우 내가 글에서 건강, 운동이라고 따로 카테고리를 설정하지 않아도 당신이 관련 글을 지속해서 쓴다면 자동으로 그 카테고리로 들어가게 된다. 나는 육아 이야기, 그리고 사랑·이별이 중심 카테고리였다.

우선 카테고리에 해당하는 글을 매일 쓴다. 쓰다 보면 카테고리에 나를 포함한 낯익은 이름을 계속 발견할 수 있을 것이다. 살펴보면 늘

올리는 사람, 즉 글을 하루 이틀에 하나씩 매번 뽑아내는 사람은 그중에서도 더 적음을 알 수 있다. 그런 사람은 당연히 브런치스토리 에디터 눈에 띌 확률이 높다. 에디터 픽이 되면 그 글은 다음 포털사이트 메인에 올라간다. 포털사이트 메인이므로, 조회수 폭탄을 맞을 수도 있게 되는 거다.

예를 들어 내가 직장인이고 직장에 관한 에피소드를 매일 쓴다. 그럼, 브런치스토리 내에서 내 카테고리는 '직장인 현실 조언'이 될 것이다. '직장인 현실 조언' 카테고리에 들어가면 내 글 포함해 여러 글이 올라올 텐데, 이 글 중에서 매일 매일 글을 쓰는 작가가 있을 것이다. 이 작가가 글이 좋다면 아마도 다음 포털사이트 기준으로 '직장in' 카테고리에서 그 글이 메인에 올라갈 확률이 있다는 것이다.

당신의 경쟁자는 44,000명이 아님을 기억하자. 사실 그 중 아예 글을 쓰지 않는 작가가 아주 많지만, 최소 10퍼센트로 가정하자. 39,600명이다. 39,600명 중 카테고리가 21개이니 21개로 나누어야 한다. 그럼 1,880명 정도이다. 거기서 매일 혹은 일주일에 두세 편씩 꾸준히 올리는 사람이 반 정도 된다고 치자. (반도 안 되겠지만) 그럼 940명 정도이다. 어떤가, 44,000명이 아니라 900명만 제치면 된다고 생각하면 좀 더 마음이 가볍지 않은가?

실제로 매일 매일 들어가서 확인해보면 900명이 뭔가, 훨씬 더 작은 수의 작가가 내 카테고리에서 꾸준히 좋은 글을 쓰고 있다. 한 가지 카테고리에서 성실히 글을 생산해내는 것 자체가 어려운 일이기 때문이다.

나 역시 브런치스토리에 성실히 글을 쓴 시간은 6개월 정도였다. 그러나 그 시기 동안 이틀에 한 번씩 글을 올렸다. 그랬더니 그 당시 썼던 글의 80% 이상이 다음 포털사이트 홈쿠킹 카테고리에 올랐다. 덕분에 135만 뷰를 찍을 수 있었다.

브런치스토리를 시작했다면 마치 연애를 하는 것처럼 상대방에게 최선을 다하는 시기가 있어야 한다. 사랑에 빠지면 6개월은 물불 안 가리고 우선순위로 상대방을 위하지 않는가? 그렇게 6개월만 브런치스토리에 연애하듯 글을 써보자. 하루 종일 글을 쓰라는 게 아니다. 딱 2시간만 투자해서 매일 써보자. 글도 달라지고 브런치스토리 내 인기도도 분명히 올라갈 것이다. 아, 구독자도 엄청난 속도는 아닐지라도 꾸준히 늘어날 것이다.

3) 브런치스토리에서 좋아하는 제목 짓기 노하우 7가지

브런치스토리에서 공식 발표한 제목은 아니지만, 평소 내가 제목을 지을 때 사용했던 방법들이자 현재 포털사이트 메인에 올라온 글의 제목을 분석한 결과이다. 이 방법을 통해 나는 육아 카테고리로는 쓴 글의 반 이상이 메인에 올랐다. 참고삼아 읽어보자.

① 생활과 맞닿아있는 구체적인 제목을 짓자

예를 들어 '집안일이 힘들다'라는 것보다는 '어느 날 우리 집에 식기세척기 이모님이 오셨다' 같은 제목이 더 낫다. 식기세척기나 건조기처럼 우리가 사용하는 가전제품은 생활에 맞닿아있어서 독자가 쉽게 공감할 수 있기 때문이다. 같은 의미로 '직장인이 지켜야 할 자세'보다 '커피값으로 5천 원을 매일 쓰자 1년 뒤 생긴 일' 제목이 좀 더 구체적이고 생활과 맞닿아있다.

② 구체적인 숫자나 기간이 들어가면 좋다

구체적인 제목은 모두 좋지만, 그중에서도 '매일 스쿼트를 100개 하자 생긴 일'이라든지, '폰가게 3년 차'처럼 제목에 숫자가 들어가면 더욱 좋다.

③ 사람들의 입에서 나온 말

'할머니가 키운 애는 딱 티가 난대', '저 집은 애들 옷 전부 얻어 입히잖아요'라는 글은 각각 60만 뷰, 11만 뷰를 기록했다. 그만큼 사람들의 입에서 나온 말은 자연스럽고 리듬이 좋다. 눌러보고 싶게 만든다.

④ 지금 이슈화되는 제목을 짓자

특정 사건이 벌어졌을 때는 그 사건에 대중의 관심도가 높기에 관련 글을 쓰면 메인에 가게 될 확률이 높다. 코로나가 유행할 당시 자주 메인에 코로나 얘기가 올라와 있었다. 그 외 김장철, 입학, 졸업, 수능 시즌에도 관련 글을 한 발짝 앞에 쓰면 메인에 올라갈 확률이 높아진다.

⑤ 이혼, 재혼, 가정폭력 등 가족 내 일어난 일이나 심리적인 것
브런치스토리 실시간 인기 글에 자주 등장하는 단골 소재이다.

⑥ 김밥, 라면, 만두, 떡볶이 등 보편적으로 많이 먹는 음식에 대한 글
음식은 우리가 매일 하루 3끼씩 먹기에 많은 사람이 관심이 있다. 글에서도 미찬가지인데 음식 중에서도 일 년에 한두 번 먹을까 말까 한 음식보다 자주 먹는 음식에 대해 글을 쓰면 좀 더 메인에 올라갈 확률이 높다. 이건 지금 당장 다음 포털사이트에서 홈쿠킹 카테고리로 들어가면 확인 가능하니 참고해보자.

⑦. 질문을 던져서 호기심을 자아내는 제목
평소에 가지고 있던 생각을 질문을 해봄으로써 제목을 정할 수 있다. 사람은 질문을 들으면 자동으로 머릿속에서 답을 찾게 시스템화되어 있다고 한다. 그러니 질문에 대한 답을 유추하다가 결국은 눌러보게 될 확률이 높다. 속담이나 격언도 있는 그대로 쓰는 것보다 질문으로 하는 게 좋다. 돌다리도 두들겨보고 건너라라면 돌다리도 두들겨보고 건너야 할까. 이렇게 말이다.

이 일곱 가지를 참고해보자. 물론 이것들만 적으라는 것도 아니고, 반드시 글이 메인에 올라야 하는 것도 아니다. 사실 메인에 오르는 글이 글의 퀄리티가 좋아서 오르는 건지, 퀄리티와는 관련이 없는 건가에 대한 이야기가 브런치 내에서도 아주 많다. 개인적인 의견으로 문장력은 그다지 상관이 없는 듯하다. 제목과 소재, 그리고 그 글이 재밌는지 아닌지가 우선인듯하다. 이러나저러나 메인에 오르게 되면 구독자 수도 자연스럽게 늘게 되고, 제안도 많이 오고 할 수 있는 것들이 더 많아진다. 브런치스토리 내에서 영향력이 더 커진다. 그러니 이왕 글을 쓸 거면 이런 것들도 고려해서 써보는 걸 추천한다. 손해는 가지 않을 것이다.

당장 가입하라, 온라인 대형커뮤니티

앞에서 커뮤니티란 자신과 취향이 비슷한 사람들이 모여 있는 공동체라고 말했다. 여기서 말하는 대형커뮤니티는 의미는 같되 더 큰 커뮤니티를 뜻한다. 온라인 대형커뮤니티란 단톡방 중에서도 인원이 많은 1,000명이 넘는 단톡방도 될 수 있고, MKU대학이나 세바시대학 같은 곳도 해당이 된다. 내 경험에 의하면 당신이 인지도가 아주 높은 사람이 아니라면, 온라인 대형커뮤니티에 소속되어 있다는 것은 여러 가지 이점이 있다.

나는 세바시대학 2기부터 4기까지 학생이었다. 지인 중 한 명이 세바시대학 1기 졸업생이어서 옆에서 강의 듣는 걸 지켜보니 온라인이지만 실시간 수업이라 질문도 가능하고, 수업 시간도 2시간으로 긴 편이라 흥미가 갔다. 게다가 세바시는 평소 챙겨보던 유튜브 채널이기도 해서 2기 때 큰 망설임 없이 바로 신청했다. 몇 년이 지나 지금 나는 세바시에서 15분 강연을 한 강연자이자, 세바시 글쓰기 수업 전공의 퍼실리테이터를 1년간 했으며, 세바시랜드 글쓰기 수업을 런칭했다. 이런 일들이 가능했던 것은 세바시대학이라는 커뮤니티에서 함께한 힘이었다.

혼자 하면 뭐든 편하고 좋지만, 꾸준히 하기도 어렵고, 확장도 되지 않는다. 세바시대학 안에서는 다들 으쌰으쌰 해주니 혼자 하는 것보다는 훨씬 꾸준히 할 수 있었다. 게다가 나는 중간에 글쓰기 수업 퍼실리테이터가 되어서 20명 가까운 조원을 담당하게 되었는데, 그들을 독려하다 보니 나 역시 과제를 다 하기에 이르렀다. 세바시 대학생이 되고 난 뒤 내가 뭔가를 이루면, 세바시대학 학우 중 그걸 이룬 사람이 되었다. 가령 내가 책을 출간하니 세바시대학 학우 중에서 책을 출간한 학우가 되었고, 세바시랜드에서 티처가 되니 세바시대학 학우 중 세바시랜드에서 글쓰기 수업을 런칭한 사람이 되었다. 커뮤니티의 일원이 되고 나니, 세바시대학 학우들은 내가 한 단계씩 성장해 나갈 때마다 응원의 카톡을 보내주었고, 강의가 오픈하고는 구매로도 많이 이어졌다.

글을 쓴다면 온라인 대형커뮤니티에 가입하자. 거기서 나를 알리자. 그럼 널리 퍼지게 된다. 그 안에서 약한 연대를 계속 유지하라. 기회는 더 빨리 올 수도 있다. 당연하다. 내가 단체 안에 있으니 그 단체 안에서만 있는 기회들도 더 빨리 알 수 있고, 누릴 수 있다. 나 역시 세바시 랜드 티처 공모전을 할 때는 세바시대학 학생이라 더 유리한 건 없었지만, 세바시가 하는 행사를 모두 눈여겨보고 있다가 비교적 빨리 공모전을 알게 되었고, 늦지 않게 응모할 수 있었다.

세바시 안에서 크고 작은 도전들이 내게 많은 기회로 이어지게 되었다. 이제 어디 강연을 나가도 내가 책을 낸 저자라는 사실보다 세바시 강연자라는 걸 사람들은 더 많이 안다. 그만큼 대형커뮤니티의 힘은 세다.

평소 집, 회사만 다니더라도 온라인에서 활동을 많이 한다면 정말 여러 사람과 연결될 수 있다. 늘 이야기하지만, 기회는 사람이 들고 온다. 그런데 내가 물속에 잠수하고 있다면? 사람들은 나를 알 수가 없어서 기회를 줄 수조차 없다. 그러니 수면 위로 올라와서 "나 여기 있어요." 외치자. 외치는 방법, 그것은 대형커뮤니티에서 활동하는 것이다. 인생을 큰 체스판이라고 본다면, 돈은 여기서 얘기하지 않겠다. 기회는 늘 돈과 연결되니까.

대면은 힘이 세다, 오프라인 지역 모임

맹자의 어머니가 세 번 이사하면서 아이의 교육을 위해 힘썼다는 일화는 유명하다. 당신은 글쓰기를 위해서 그 정도까지는 아니어도 최대한 취향이 비슷한 사람을 만나기 위해 노력할 필요가 있다. 특히나 지역 오프라인 모임을 활용하면 좋다. 이때 주의할 것은, 아주 색이 다른 모임은 지양하자. 예를 들어 글쓰기 관련된 모임이라면 글쓰기 모임도 있고, 독서 모임도 좋다. 그런데 헬스를 하는 사람들의 모임이나 춤추는 모임, 비누 만드는 모임은 색이 같다고 보기 어렵다. 물론 그중에서도 글쓰기를 좋아하는 사람이 있지만, 그런 것은 논외로 하고 단순히 모임 자체의 색을 봤을 때는 다르다는 거다.

나 역시 첫 책을 출간하기 전 독서 모임과 글쓰기 모임에 얼굴을 내밀기 시작했다. 그렇게 알게 된 사람들과 몇 년씩 모임을 진행하다 보니 많은 공감대와 신뢰가 쌓였다. 그래서인지 첫 글쓰기 수업을 독서 모임에서 알게 된 사람이 소개해주었다. 물론 소개만 해주었을 뿐 이력서를 넣고도 뽑히지 않을 가능성이 있었지만, 그 지인이 아니었더라면 나는 울산에서 글쓰기 수업이 열린다는 것 자체도 몰랐을 것이다. 결과적으로 그때 글쓰기 수업을 1년이나 진행했다. 그 외에도 각종 공모전이나 글쓰기 대회 소식을 모임에서 알게 되었고, 천천히 글쓰기의 세계로 스며들게 되었다. 특히, 독서 모임에는 글 쓰는 걸 좋아하는 사람이 대부분이라 관련 이야기들을 많이 들을 수 있었다. 나 역시 얼마 전 오래 진행하던 글쓰기 수업을 독서 모임에서 알게 된 동료 작가에게 넘겨주었다. 학우들에게도 양해를 미리 구했었는데, 지금도 잘 진행하고 있다고 한다.

더 나아가 등단을 이미 한 사람이라면 지역 내 문인들이 모여 있는 단체에 가입하는 것도 방법이다. 보통 글쓰기 관련된 공모나 섭외가 그쪽으로 많이 연락이 간다. 인원이 많고 이미 글을 잘 쓴다는 게 증명된 사람이 모여 있는 공간이니 당연하다. 하지만 꼭 그렇게까지 큰 단체가 아니더라도 지역 오프라인 모임을 활용하게 되면 서로서로 도움이 된다.

지역에서 이루어지는 행사는 생각보다 많다. 일부 행사는 뭘 할지가 정해져 있지 않고 기획해야 하는 경우가 있는데, 그럴 때 삼삼오오 모여서 행사를 하나 기획해 보는 것도 좋다. 그러면 정부의 지원을 받아서 글쓰기 관련 행사를 열 수 있다. 이런 걸 하다 보면 작가로서가 아닌 각자의 재능이 다 다르다는 걸 서로 느끼게 된다. 누군가는 기획에, 누군가는 홍보에, 누군가는 PPT 만드는 데, 발표하는 데 강하다. 협업하면 많은 일을 이룰 수 있다.

지역 오프라인 모임은 인원이 적더라도 끈끈한 유대감이 생겨 힘이 있다. 글을 쓰기 힘든 시기이거나, 글을 쓴 지 얼마 안 되었을 때는 지역 모임에 나가자. 나처럼 내향인이라서, 그저 바보같이 앉아서 낙서만 하고 오더라도 모임에 열 번만 나가보자. 취향을 함께 하는 모임은 확실히 힘이 있다. 그 안에서 생긴 신뢰는 다양한 기회를 얻는 데 유리하다.

할머니가 될 때까지
글쓰기를 계속하고 싶다

글쓰기 수업 시간에 가끔 소설 릴레이를 할 때가 있다. 4명~8명이 하나의 이야기를 완성하는데, 보통 조별 활동으로 진행한다. A조, B조 나눠서 하는데, 한 조는 수월하게 하고 한 조는 전혀 이야기가 진행되지 않을 때가 있다. 그럴 때 내가 말한다.

"인물을 툭 치세요. 그래서 생각하게 하고 행동하게 해야 글을 쓰기가 쉬워져요. 주인공이 움직여야 이야기가 많아져요."

그런 말을 할 때마다 이야기 속 인물만 그런 건 아니라는 생각이 든다. 실제 우리가 만나는 사람 중에서도 어떤 것을 생각만 하고 시도하지 않는 사람들이 많다. 같은 생각을 계속하니 실패도 하지 않지만 얻는 것도 없다.

나는 글을 쓰면서 인물은 가만히 있지 않고 툭툭 치고 나가야 함을 배웠다. 그리고 그것을 글쓰기에도, 삶에도 적용했다. 글을 쓰며 많은 대회를 나갔고, 한 번도 입상하지 못했지만, 세바시에 나갔고, 을유문화사라는 전통 있는 출판사와 계약을 하게 되었다. 글쓰기로 돈 벌기 역시 마찬가지다. 툭툭 치고 나가서 이것저것 해보고 내게 수익을 많이 남겨주는 게 어떤 일인지, 조금의 재능이 있는 게 어떤 쪽인지를 알게 되었다. 반드시 크고 작은 실수와 실패를 해봐야 한다. 빠르게 실패할수록 좋다. 빠르게 다시 시작할 수 있으니까.

그 결과 3년 전만 해도 수익이 0원에서 올해 기준 제일 많이 벌지 못한 달에 22만 원을 글쓰기로 벌었고, 제일 많이 벌었던 달에는 800만 원을 벌었다. 다달이 편차가 좀 크긴 하지만, 평균적으로 100만 원은 충분히 번다. 실수와 실패만 반복했는데, 매해 버는 돈은 증가했다. 이제는 별도의 부업을 찾을 필요 없이 하나의 직업으로 인정받을 만큼은 벌게 되었다.

작년에 나갔던 팟캐스트에서 아이를 키우며 어떻게 그렇게 많은 것을 이루었냐는 누군가의 질문에 나는 이렇게 답했다.

"비결이요? 양말을 신은 거죠."

양말은 나라는 인물을 툭툭 친다. 양말을 신고 신발만 신으면 나라는 캐릭터는 웬만하면 밖으로 나간다.

글만 썼을 뿐인데, 엄청난 것을 알게 되었다.

글쓰기 자체만 보자면 나는 글을 아주 잘 쓰는 사람은 아니라고 생각한다. 다만 글쓰기를 좋아하고 꾸준히 글을 쓰고 싶다. 글쓰기 역시 실패하고 실수하며 배워나가고 있다. 이 책에서 계속해서 강조하는 할머니가 될 때까지 쓰기, 이것은 사실 내 목표이다. 혼자 말고 당신과 함께하고 싶다.

글을 쓴다는 것은 생각하는 일이고, 자신을 되돌아보는 일이다. 나는 이야기를 쓰고 만들면서 인물들에게 정말 많이 배웠다. 글을 쓰려면, 돈을 벌려면 툭툭 치고 나가야 한다. 우리는 모두 스토리 전개가 빠른 이야기를 지루하지 않게 읽는다.

오늘 당신이라는 인물은 무엇을 하면서 하루를 채울 예정인가. 이 책이 당신을 툭툭 쳐서 많은 것들을 직접 실행해보고 실패하며 앞으로 나아가길 바라본다. 당신이 더 좋은 글을 쓰고, 좋은 글로 꼭 돈도 벌길 진심으로 바란다.

글쓰기로
한 달에
100만 원 벌기

초판1쇄 2024년 2월 5일 **지은이** 김필영 **펴낸이** 한효정 **편집교정** 김정민 **기획** 박화목 **디자인** purple **표지일러스트** freepik **마케팅** 안수경 **펴낸곳** 도서출판 푸른향기 **출판등록** 2004년 9월 16일 제 320-2004-54호 **주소** 서울 영등포구 선유로 43가길 24 104-1002 (07210) **이메일** prunbook@naver.com **전화번호** 02-2671-5663 **팩스** 02-2671-5662
홈페이지 prunbook.com | facebook.com/prunbook | instagram.com/prunbook

ISBN 978-89-6782-205-7 03810
ⓒ 김필영, 2024, Printed in Korea

*책값은 뒤표지에 있습니다.